멍탐정
셜록본즈
사라진 왕관 사건

SHERLOCK BONES AND THE CASE OF THE CROWN JEWELS
First published in Great Britain in 2022 by Buster Books,
an imprint of Michael O'Mara Books Limited,
9 Lion Yard, Tremadoc Road, London SW4 7NQ, UK
Copyright © Buster Books 2022
All rights reserved.

Korean translation copyright © E*public 2025
This edition is published by arrangement with Michael O'Mara Books Limited
through KidsMind Agency, Korea.
이 책의 한국어판 저작권은 키즈마인드 에이전시를 통해
Michael O'Mara Books Limited와 독점 계약한 이퍼블릭(사파리)에 있습니다.
신 저작권법에 의해 한국 내에서 보호를 받는 저작물이므로 무단 전재와 복제를 금합니다.

멍탐정 셜록본즈
사라진 왕관 사건

글 팀 콜린스 그림 존 빅우드 옮김 이재원

사파리

멍탐정 셜록 본즈

사라진 왕관 사건

초판 1쇄 인쇄일 2025년 1월 10일 ㅣ 초판 1쇄 발행일 2025년 2월 10일

글 팀 콜린스 ㅣ 그림 존 빅우드 ㅣ 옮김 이재원

펴낸이 유성권 ㅣ **편집장** 심윤희 ㅣ **편집** 유옥진, 한지희, 김유림 ㅣ **디자인** 고아라

마케팅 김선우, 강성, 최성환, 박혜민, 김현지 ㅣ **홍보** 김애정, 임태호

제작 장재균 ㅣ **관리** 김성훈, 강동훈

펴낸곳 (주)이퍼블릭 ㅣ **출판등록** 1970년 7월 28일(제1-170호)

주소 서울시 양천구 목동서로 211 범문빌딩 ㅣ **전화** 02-2651-6121 ㅣ **팩스** 02-2651-6136

홈페이지 www.safaribook.co.kr ㅣ **카페** cafe.naver.com/safaribook

블로그 blog.naver.com/safaribooks ㅣ **인스타그램** @safaribook_

페이스북 www.facebook.com/safaribookskr

ISBN 979-11-6951-244-2 73840

반가워요!

여기는 멍탐정 셜록 본즈와 캣슨 박사의 탐정 사무소!
탁월한 관찰력과 번뜩이는 추리력으로
어떤 사건이든 척척 해결하지요!

멍탐정 셜록 본즈

세계에서 가장 뛰어난 명탐정이에요.
어떤 문제도 절대 피하지 않고
맡은 사건은 반드시 해결해요.

제인 캣슨 박사

셜록 본즈의 믿음직한 동료예요.
사건이 발생하면 망설이지 않고
현장에 뛰어들지요.

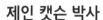

자, 이제 캣슨 박사가 쓴 흥미진진한 모험 이야기를 읽으며
추리 문제에도 도전해 볼까요?
멍탐정 셜록 본즈와 사건을 해결하러 출동!

"머리를 쥐어짜야 할 만큼 도전적인 사건이 필요해."

내 친구 셜록 본즈가 의자에 앉아 턱을 괸 채 초조한 목소리로 중얼거렸어. 바닥에는 이빨 자국이 가득한 장난감과 개껌 껍질이 나뒹굴었지. 본즈는 사건을 맡았을 땐 잠시도 가만있지 못하고 검은 코를 실룩대며 단서를 찾아다니곤 해. 하지만 사건이 없을 때면 며칠이고 시무룩이 앉아서 지금처럼 꼼짝도 안 했어.

'셜록 본즈와 캣슨 박사의 탐정 사무소'는 아무리 까다로운 사건이라도 한 방에 해결하는 걸로 유명해. 그런데 이번 주엔 우리를 찾아오는 손님이 하나도 없지 뭐야. 정말 이상한 일이었지.

"본즈, 걱정 마. 곧 사건이 들어올 거야."

나는 <쿵쿵일보>를 쭉 훑어보면서 본즈의 구미를 당길 만한 사건을 찾아보았어.

쿵쿵일보 | 9월 17일 금요일

오늘의 퍼즐

낱말 만들기

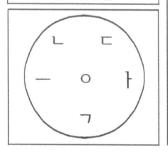

오늘의 왕실 소식

왕실 담당 기자 애슐리 슬로퍼 독점!

평소 굉장한 사고뭉치 강아지로 알려진 여왕님의 어린 손자 렉스 왕자가 어제 왕실의 아주 귀중한 슬리퍼를 물어뜯다 발각되었습니다.

이 슬리퍼는 찰스 스패니얼 1세 때부터 왕가의 가보로 내려온 귀중한 물건입니다. 그래서 여왕님의 충직한 집사 젠킨스가 특별 관리해 왔습니다. 그런데 어제 오후, 렉스 왕자가 갑자기 슬리퍼 한 짝을 물고 달아나 우적우적 씹어 망가뜨린 것입니다.

소식통에 따르면 렉스 왕자는 저녁도 먹지 못하고 잠자리에 들어야 했다고 합니다.

귀중한 가보를 도난당하다

하이츠 주택가에 사는 대형견 주택 전문 목수인 버치 로버가 수요일 밤에 귀중한 회중시계를 도난당했다.

"집안 대대로 내려오는 귀한 가보를 도둑맞다니 어찌해야 할지 모르겠습니다."

버치는 도둑을 직접 보았냐는 기자의 질문에 울음을 터뜨리며 도둑과 마주친 순간이 너무도 무서워 떠올리고 싶지 않다고 대답했다.

평화롭던 하이츠 주택가가 지난 몇 주에 걸쳐 일어난 도난 사건으로

버치 로버(목수 / 도난 사건 피해자)

도난당한 가보인 회중시계

몸살을 앓고 있다. 그동안 회중시계 외에도 결혼반지 하나, 은 브로치두 개, 황금 메달 하나가 사라졌다.

"시민 여러분, 경찰이 이미 모든 상황을 파악했으니 안심하십시오. 열정적인 신입 경찰들이 투입되어 사건을 조

사하고 있습니다." 이상은 블러드하운드 경감의 말이다.

진저 포슨 기자

날 씨

금요일	토요일	일요일
대체로 흐림	맑음	소나기/ 때때로 광풍
최고 기온 24℃ 최저 기온 12℃	최고 기온 28℃ 최저 기온 21℃	최고 기온 4℃ 최저 기온 -2℃

오늘 오전 날씨는 따뜻하고 맑겠습니다. 따라서 강으로 뛰어드는 수달 무리로 인한 다리 혼잡이 예상됩니다.

오후부터 선선해지다 저녁이 되면서 안개가 자욱해질 예정이니, 산책을 나갈 땐 특별히 주의하시기 바랍니다.

내일은 무척 덥겠습니다. 저녁에는 창문을 열어 두시는 게 좋겠습니다.

통째로 부두에서 증발하다

수입 화물로 들어온 대량의 당근이 감쪽같이 사라졌다. 이 당근들은 스웨덴 배에 실려 온 뒤 담당 공무원의 검수를 받기 위해 부두에서 기다리던 중 몽땅 도난당했다.

당근 절도 사건이 몇 주째 연이어 발생해 도시가 떠들썩하다. 경찰은 지난해 정부가 발표한 당근에 추가로 매겨지는 '당근세'와 관계된 사건인지 수사 중이다.

토끼들 사이에서는 당근세에 대한 불만이 깊은 것으로 보인다. 지난주 우리 신문에서 실시한 여론 조사에 따르면, 응답한 토끼의 50퍼센트가 세금을 피하기 위해 불법적인 방법으로 당근을 사는 것도 고려 중이라는 결과가 나왔다. 그러나 워키 장관은 이러한 의견에 회의적인 입장이며, 토끼들이 당근세를 내는 것은 당연한 일이라고 말했다.

기념품 수집으로 세계 신기록 달성한 지역 상인 두더지

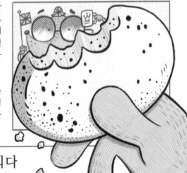

두더지 깁슨 씨가 세계에서 가장 많은 왕실 기념품을 보유하고 있다는 사실을 공식적으로 인정받았다. 세계 기록 협회의 심사위원들은 야옹길에 위치한 깁슨 씨의 가게를 방문하여, 깁슨 씨가 그 누구보다 많은 기념품을 수집했다는 사실을 확인했다.

"늘 제가 세계 최고의 왕실 기념품 수집가일지도 모른다고 생각해 왔는데 이렇게 공식적으로 확인을 받으니 그저 기쁠 따름입니다."

깁슨 씨는 오늘 이 신문 기사를 가지고 오는 손님들에게 왕실 휴지걸이를 20퍼센트 할인해 준다.

 # 수상한 쥐가 목격되다

"본즈, 이것 좀 봐. 스웨덴 배에 실려 온 당근들이 감쪽같이 사라졌대. 조사해 볼 만하지 않아?"

본즈는 기사를 힐끔 보더니 어깨를 으쓱했어.

"경비들이 잠든 사이에 말썽꾼 토끼 일당이 벌인 짓이겠지. 심각한 사건이라면 경찰이 우릴 찾아올 거야."

이번엔 울고 있는 도베르만의 사진을 가리켰어.

"이건 어때? 하이츠 주택가 주민이 집안 대대로 전해 내려오는 회중시계를 도둑맞았대."

본즈는 신문을 낚아채 훑어보더니 도로 내게 던졌어.

"곧 침대 밑에서 찾게 되겠지. 내가 원하는 건 신문 8면이 아니라 1면에 실릴 만큼 흥미로운 사건이야."

나는 본즈의 관심을 끌 만한 사건을 발견하길 바라며 신문을 계속 뒤적였어.

그때 갑자기 본즈가 몸을 벌떡 일으켰어. 축 늘어져 있던 본즈의 검은 귀 한쪽도 토끼처럼 쫑긋 섰지.

"캣슨, 들리지? 기다리던 소식이 오는 것 같은데."

난 가만히 귀를 기울였어. 처음엔 늘 듣던 담비 가족이 길 건너에서 싸워 대는 소리와 자동차 소음뿐이었어. 하지만 곧 쿵쿵대는 발소리와 헐떡이는 숨소리 그리고 낮게 으르렁대는 소리도 들리기 시작했어.

"본즈, 저 소리가 왜 기다리던 소식이라는 거야?"

"캣슨, 그건 아주 간단해. 발소리가 무거운 걸 보면 덩치 큰 개가 틀림없어. 그리고 달려오지도 않는데 숨을 헐떡대는 건 빠르게 달리다 도중에 포기하고 걷기 시작했기 때문이야. 먼 거리를 왔다는 뜻이지. 으르렁거리는 소리는? 우릴 찾아오기 싫었지만 그럴 수밖에 없는 상황에 짜증이 난 거고."

이윽고 발소리가 멈추고 숨 고르는 소리가 들려왔어.

"아하, 그래! 블러드하운드 경감이 도움을 요청하러 온 거군. 자네 설명을 듣고 보니 정말 간단한걸."

현관문 너머로 몸집 큰 개의 모습이 비쳤어.

사진 속 블러드하운드 경감과 정확하게
모습이 같은 그림자를 찾아보세요.

경감은 어깨가 축 처진 채 탐정 사무소로 들어왔어.

"끔찍한 일이 일어났네. 자네들이 좀 도와줘야겠어."

"좋았어! 드디어 내가 딱 바라던 사건이 생겼군."

본즈가 앞발을 비비며 기뻐하자 경감이 버럭했어.

"본즈, 좋아할 일이 아니네. 여왕님과 관련된 정말 심각한 사건이 벌어졌단 말일세!"

나는 놀라서 꿀꺽 숨을 삼켰어. 감히 여왕님께 범죄를 저지르다니! 본즈도 나도 이런 사건은 처음이었지.

경감이 갑자기 목소리를 낮추고 속삭였어.

"어젯밤에 여왕님의 왕관과 보석들이 감쪽같이 사라졌네. 평소처럼 벨벳 쿠션 위에 올려놓았는데 아침에 일어나 보니 온데간데없다는군!"

나도 여왕님이 거리에서 행차할 때 그 보석들을 본 적이 있었어. 루비와 에메랄드로 장식한 황금 왕관과 사파이어 반지 그리고 다이아몬드가 세 줄로 주르륵 박힌 은목걸이였지. 그렇게 값진 보석들을 훔친 걸 보니 아주 대담한 악당임이 분명했어!

본즈가 벌떡 일어나더니 뒷짐을 지고 서성였어. 본즈의 꼬리가 양옆으로 몹시 바쁘게 흔들렸지.

"누군가 궁전에 침입한 흔적이 있었나? 문이 억지로 열렸다든지 아니면 창문이 깨졌다든지 말이야."

"아니. 그 어떤 흔적도 없었네."

나는 여왕님의 모습을 상상해 보았어. 여왕님은 양쪽 입꼬리가 축 늘어진 퍼그라서 아무리 기분이 좋아도 뚱해 보였어. 그러니 왕관과 보석들이 몽땅 사라진 걸 알았을 땐 그야말로 엄청난 표정을 지었을 게 분명했지.

"경비견들은? 무슨 소리라도 듣지 못했나?"

"밤새 지키는 동안 아무 소리도 듣지 못했다더군."

본즈가 우뚝 멈춰 서자 흔들리던 꼬리도 딱 멈췄어.

"이 일을 알게 된 게 언제지?"

경감은 바닥을 내려다보며 본즈의 눈길을 피했어.

"오늘 아침 7시."

"저런, 무려 4시간 전이잖아! 왜 이제야 온 거지?"

본즈는 밥그릇에 있던 비엔나소시지를 몽땅 빼앗기기라도 한 듯한 표정으로 노려보며 버럭 소리쳤어.

"그래…, 더 일찍 찾아왔어야 했어…. 하지만 신입 경찰 강아지들에게 먼저 기회를 주고 싶었네."

"보나 마나 뻔하군. 강아지들끼리 왕왕 짖어 대며 청설모나 쫓아다니느라 시간만 버렸겠지."

"그러긴 했지. 그래도 단서를 세 개나 발견했네!"

경감은 아까와 달리 가슴을 한껏 부풀리며 으스댔어.

"첫 번째 단서는 야옹길에서 기념품 가게를 하는 두더지가 제보했는데 어젯밤에 덜컹거리는 소리가 희미하게 들렸다는군. 두 번째는 궁전 맞은편 공원 나무에서 발견한 수상한 자국이고, 마지막 단서는 궁전 앞뜰 웅덩이에서부터 찍힌 발자국이지."

본즈는 모자와 돋보기를 서둘러 챙겼어.

"부디 발자국들이 그대로 남아 있어야 할 텐데. 신입 경찰들이 주변을 마구 짓밟아 놓지 않았길 바랄 뿐이라고."

"신참들이 약간 흥분하긴 했었지. 하지만 단서들을 잘 찾아내 주어서 차마 막을 수가 없었네."

본즈는 경감의 말을 듣는 둥 마는 둥 문밖으로 달려 나가며 외쳤어.

"캣슨, 서둘러! 한시가 급하니까."

나는 모자와 목도리와 코트를 집어 들고 부리나케 본즈를 쫓아 나갔어. 드디어 세상에서 가장 위대한 탐정의 활약이 시작된 거야!

켄넬 궁전은 둥그런 회색 지붕에 침실이 100개가 넘는 웅장한 5층짜리 건물이야. 서른 마리의 집사와 사나운 경비견 들이 여왕님을 모시며 지키고 있지.

궁전 앞뜰에 다다르자, 신입 경찰인 어린 블러드하운드들이 늘어진 귀와 턱살을 펄럭이며 술래잡기하고 있는 모습이 보였어. 신입 경찰들이 마구 뛰어다니는 바람에 온 사방이 진흙 범벅이었지. 저런 풋내기들을 수사에 데려와 사건 현장을 망쳐 놓다니!

본즈가 버럭 화를 냈어.

"천방지축 신입 경찰들을 당장 내보내게! 신참들은 범죄 현장에 들이지 말라고 했잖나!"

경감이 주머니에서 공을 꺼내 멀리 휙 던지며 말했어.

"신참들은 이제 가도 좋다! 여긴 우리가 맡을 테니."

신입 경찰들은 꼬리를 흔들며 공을 쫓아갔지.

"여기가 신입 경찰들이 잔디밭을 놀이터로 삼기 전에 웅덩이였던 곳이군."

본즈는 돋보기로 범죄 현장을 샅샅이 살펴보더니 땅바닥 한 곳을 가리켰어.

"웅덩이에서부터 어디론가 향하는 발자국이 보여. 도둑이 도망치면서 남기고 간 흔적일지도 몰라."

우리는 발자국을 따라 조심스레 잔디밭을 가로질러 궁전 남쪽 도로까지 갔지.

"경감, 캣슨과 내가 발자국을 계속 따라가 볼 테니 이제 그만 가 봐도 좋네."

"새로운 단서가 발견되면 즉시 내게 알려 주게나. 신입 경찰들을 데려가 도와주겠네."

본즈는 시선을 바닥에 향한 채 걸어갔어. 온갖 발자국들 사이에서 도둑의 발자국을 확인하며 따라가느라 나이 든 족제비와 부딪칠 뻔했지.

우리는 발자국을 따라가다 어느새 강가에 도착했어.

가 나 다 라

본즈와 나는 발자국을 따라 강가를 걷다가 도시의 남과 북을 잇는 거대한 철제 다리에 다다랐어. 다리는 자전거를 탄 호저와 공을 굴리는 햄스터 그리고 토끼 대가족을 한가득 태운 자동차 들로 바글바글했지.

본즈는 여전히 시선을 땅에 박고 발자국을 쫓으며 다리를 건넜어. 다리 건너편 하이츠 주택가에는 가파른 언덕을 따라 으리으리한 저택들이 늘어서 있었지.

"본즈, 도둑이 이렇게 근사한 동네에 살 리 없잖아."

"글쎄, 번지르르한 저택에 사는 동물들도 지저분한 골목에 사는 동물들 못지않게 엉큼할 수 있지."

우리는 발자국을 따라 언덕을 오르기 시작했어. 하이츠 주택가의 저택들은 모두 화려하고 멋졌어. 마당에 찰스 스패니얼 1세의 동상을 세워 둔 저택도 있었지.

나는 요즘 매일같이 낮잠을 자고 비스킷을 많이 먹어서인지 금방 지쳤어. 머리가 어질어질하고 숨도 턱턱 막혔지. 하지만 본즈는 여전히 팔팔했어.

내가 잠깐 쉬었다 가자고 말하려는 순간, 본즈가 갑자기 걸음을 멈췄어. 발자국이 거대한 분홍색 저택 앞에서 멈춰 있었거든. 성처럼 뾰족한 탑 꼭대기에 걸린 깃발들이 펄럭이는 멋진 저택이었지.

발자국이 어느 저택 앞에서 멈췄을까요?
다음 단서를 읽고 알아맞혀 보세요.

· 들어 올리는 문이 아니라 여닫는 문이 달려 있다.
· 깃발 개수는 다섯 개와 아홉 개 사이다.
· 깃발이 왼쪽을 향해 펄럭이고 있다.

똑똑! 본즈가 반질반질한 나무 문을 두드렸어.

이윽고 안에서 부스럭거리는 소리가 나더니 새하얀 푸들이 문을 열었어. 푸들은 곱슬곱슬한 긴 머리 위에 왕관처럼 생긴 은빛 티아라를 단정하게 쓰고 있었어. 발목의 털은 둥글게 한껏 멋을 낸 모습이었지. 푸들은 공 모양으로 다듬은 꼬리를 살랑살랑 흔들었어.

나는 우리를 소개하기 위해 숨을 고르려 애썼어. 본즈는 사건을 수사할 때면 아무 집에나 허락도 받지 않고 마구 들어가곤 했는데 이 푸들은 그런 무례를 너그러이 받아 줄 것 같지 않았거든.

그런데 내가 말을 꺼내려는 순간 푸들이 먼저 옆으로 비켜서며 우리에게 들어오라고 인사하지 뭐야.

"셜록 본즈와 캣슨 박사님, 어서 오세요. 꼭 만나 뵙고 싶었답니다. 제가 보낸 편지를 받고 오셨죠?"

푸들은 우리를 고풍스러운 원목 가구들이 놓인 하얀
벽의 널따란 방으로 안내했어.
　'로버와 줄리엣', '캣베스' 같은 오래된 연극 포스터들
이 벽에 붙어 있었지. 포스터에 이 푸들의 얼굴과 이름
도 있었는데 알고 보니 '몰리 러핑턴'이라는 배우였어. 빛
바랜 포스터로 미루어 짐작건대 만약 유명한 배우였다
면 꽤 오래전에 활동했을 거야.
　방 한쪽을 차지한 커다란 장식장에는 푸들이 쓰고
있는 것만큼이나 무척 화려한 티아라 수십 개가 진열
되어 있었어. 오팔과 문스톤부터 섬세하게 세공한 다이
아몬드 장미 티아라까지, 맨 윗줄 오른쪽 끝 한 칸만 빼
고 말이야.

몰리의 장식장에서 아래 가, 나, 다의 티아라들을 각각 찾아보세요.

가

나

다

"실례지만 뭔가 오해가 있으신 것 같습니다. 저희는 편지를 받은 적이 없거든요."

나는 소파 끝에 엉덩이를 살짝 걸친 채로 말했어. 고급 가구에 고양이 털이 떨어지면 안 될 것 같았거든.

"어머, 오늘 아침에 우편집배원 담비에게 편지를 부탁했는데, 아무래도 가다가 편지를 잃어버렸나 보네요. 바이트체스터 백작 부인의 로켓 목걸이를 찾아 주신 분들이죠? 저도 의뢰할 사건이 있거든요."

순간 본즈가 바닥에 엎드리더니 대뜸 몰리의 발에 돋보기를 들이밀지 뭐야. 몰리는 난처한 표정을 지으며 나를 힐끔 쳐다보았어.

본즈는 몰리의 발을 돋보기로 들여다보며 말했어.

"실은 꽤 심각한 사건을 수사하러 왔습니다. 어젯밤에 여왕님께서 왕관을 도난당하셨거든요."

몰리가 비명을 꽥 지르더니 바들바들 떨리는 앞발로 장식장의 빈자리를 가리켰어.

"세상에, 이럴 수가! 실은 저도 어젯밤에 가장 아끼는 다이아몬드 티아라를 도둑맞았답니다!"

몰리가 앞발에 얼굴을 묻고 흐느끼자 본즈가 말했어.

"걱정 마십시오. 저희가 꼭 찾아 드리겠습니다."

"하지만 여왕님 사건을 해결하면서 한낱 티아라를 훔친 도둑까지 찾아다닐 시간이 있겠어요?"

본즈가 자리에서 일어나 뒷짐을 지며 대답했어.

"생각보다 사건이 쉽게 해결될 것 같습니다. 제 생각에 두 사건은 같은 도둑이 벌인 짓이거든요."

나는 궁전부터 저택 문 앞까지 찍혀 있던 발자국을 떠올렸어. 도둑이 궁전에서 왕관을 훔친 뒤에 하이츠 주택가로 와서 도둑질을 하고 떠난 게 틀림없었지.

"혹시 도둑을 보셨습니까?"

"아니요. 저녁 산책을 하고 돌아왔더니 진흙투성이

발자국이 현관에서 장식장까지 이어져 있었어요."

본즈는 다시 엎드려 돋보기로 바닥을 샅샅이 살폈어.

"발자국은 벌써 닦았답니다. 이해해 주세요. 제가 지저분한 건 못 참아서요."

몰리의 말에 본즈가 고개도 들지 않고 대꾸했어.

"저희라도 당연히 그랬을 겁니다."

글쎄, 우리라면 당연히 그러지 않았을 거야. 본즈는 절대 청소를 하지 않거든. 물론 나도 청소를 도맡을 생각이 전혀 없었고. 그래서 탐정 사무소는 늘 엉망이었지.

본즈는 그 뒤로도 한참 동안 아무 말 없이 장식장과 의자들 그리고 벽을 돋보기로 살폈어.

마침내 우리는 몰리의 배웅을 받으며 밖으로 나왔어. 본즈는 밖에서도 여전히 이곳저곳 돋보기를 들이대며 네 발로 기어 다녔지. 나는 본즈의 이상한 행동을 누가 볼까 봐 주위를 두리번거렸어. 다행히 우편집배원 담비를 빼고는 아무도 없었지.

하이츠 주택가 거리는 먼지 한 톨 없이 깨끗했어. 그러니까 진흙 발자국이 계속 이어졌다면 틀림없이 눈에 띄었을 거야. 하지만 아무것도 남아 있지 않았어.

"본즈, 더 이상 단서가 없는 것 같아."

"아니, 그렇지 않아."

본즈가 바닥에 떨어진 종잇조각을 가리켰어. 험상궂게 생긴 도베르만이 회중시계를 들고 있는 사진 아래에 이 문구가 쓰여 있었지.

회중시계를 도난당함.
값을 매길 수 없을 만큼 소중한
물건임. 찾아 주면 보상으로
머리를 쓰다듬어 줌.
연락은 하이츠 주택가
134번지에 사는 버치에게.

'가'를 제외한 나머지 조각들을 순서대로 맞추어
도베르만 버치의 사진을 완성해 보세요.

가 나 다 라 마 바 사 아

본즈는 드디어 바닥에서 일어나 두 발로 언덕길을 오르기 시작했어. 경사가 점점 가팔라지는 바람에 몰리의 집에서 잠깐 쉬었던 게 그나마 다행이었지 뭐야!

나선형 길을 따라 언덕 위로 빙빙 돌아 올라가니 저 멀리 넓은 강과 쭉쭉 뻗은 도로가 보였어. 궁전과 공원은 또렷이 보였지만 거리 대부분은 공장이 뿜어내는 연기에 가려져 있었지.

본즈는 커다란 저택 앞에서 멈췄어. 두꺼운 참나무 현관문에 134번지라고 쓰여 있었지. 나는 저택 안에 사나운 도베르만이 살고 있다고 생각하니 온몸이 부르르 떨렸어. 그동안 수많은 범죄자들을 뒤쫓으며 잡아 왔기 때문에 웬만해선 겁을 내지 않았어. 하지만 도베르만이 컹컹 짖어 대는 소리가 들리자 털이 삐죽 곤두서고 말았지!

하지만 본즈는 나와 달리 망설임 없이 계단을 올라가 문을 두드렸어. 나는 한 발짝 뒤로 슬쩍 물러섰지. 위험

하다 싶으면 잽싸게 줄행랑칠 생각이었거든.

파란 멜빵바지를 입은, 주둥이가 커다란 도베르만이 문을 열고 우리를 빤히 바라봤어. 바지 주머니 밖으로 삐죽 나와 있는 빨간 손수건이 눈에 띄었지.

"뭡니까?"

도베르만이 으르렁댔어.

"버치 씨, 회중시계를 도둑맞으셨죠? 도둑에 대해 아는 게 있는지 여쭤보고 싶어서 왔습니다."

본즈의 말이 끝나기가 무섭게 버치는 바닥에 주저앉더니 앞발로 두 눈을 가리고 울부짖었어.

"또 도둑이 들면 어떡하죠? 제발 좀 막아 주세요!"

버치는 도둑이 근처에 없다는 것을 확인하고 나서야 우리를 집 안으로 들어오라고 했어.

　본즈는 수첩을 꺼내 들고 버치에게 물었어.

　"도둑을 보신 것 같은데 말씀해 주시겠습니까?"

　버치는 몸을 공처럼 웅크리고 앞발로 얼굴을 가린 채 우리를 힐끗힐끗 쳐다보다 떨리는 목소리로 대답했지.

　"도저히 못 하겠어요. 너무 소름 끼쳤거든요."

　버치처럼 거대한 도베르만을 벌벌 떨게 할 정도라니! 아주 무시무시한 괴물 같은 녀석이 틀림없었어.

　"버치 씨, 최대한 기억을 떠올려 보세요. 그래야 도둑을 잡을 수 있습니다."

　버치는 내 말을 듣고 나서야 앞발을 가까스로 내렸어.

　"수요일 밤 8시쯤, 부스럭거리는 소리에 확인하러 내려왔다가 도둑과 딱 마주쳤어요. 바로 이 방에서요!"

버치는 바들바들 떨며 말을 이었어.

"도둑은 온몸이 진흙투성이였는데 교활한 작은 눈으로 절 노려봤어요. 귀는 커다랬고 꼬리엔 검고 굵은 털이 무성했죠. 이빨은 늑대처럼 뾰족했고요. 저 서랍장에서 회중시계를 꺼내 쏜살같이 창문으로 달아났어요."

본즈가 들은 대로 수첩에 도둑을 그렸어요. 돋보기로
확대된 부분 그림을 보고 아래에서 전체 그림을 골라보세요.

가 나 다

라 마

내가 버치에게 물었어.

"도둑을 막아 보셨나요?"

"당연하죠. 하지만 포악하기 짝이 없는 놈이었어요."

본즈는 그림 그리는 걸 멈추고 버치를 올려다봤어.

"경찰은요? 경찰은 부르셨습니까?"

"그럼요. 그런데 웬 신입 경찰들만 잔뜩 왔더군요. 창문에서 뛰어내리기 시합만 하다 가더라고요."

"저런! 신입 경찰들은 방해만 될 뿐이죠."

"신입 경찰들은 캐롤과 패트에게도 도움을 주지 못했어요. 우즈 부인이나 테일러 가족에게도요."

"버치 씨 말고도 피해자가 더 있다는 말씀입니까?"

본즈가 깜짝 놀라 큰 소리로 짖었어.

"경감은 나에게 왜 이런 얘길 하나도 안 해 준 거지?"

사실 나도 하이츠 주택가에서 일어난 절도 사건에 대한 기사를 읽은 적이 여러 번 있었지만 굳이 그 얘길 꺼내진 않았어. 본즈의 화를 돋우고 싶진 않았거든.

"이 연쇄 절도 사건에 대해 아는 것들을 모두 말씀해 주십시오. 아주 사소한 것들까지요."

"음, 첫 번째 피해자는 166번지에 사는 웜뱃 부부 캐롤과 패트예요. 지난 토요일 밤 8시에 아이들을 재우고 있는데 아래층에서 소리가 들렸대요. 얼른 내려가 봤더니 결혼반지가 사라졌다고 했어요."

"도둑의 얼굴은 보지 못했겠군요?"

"아마도요. 게다가 다음 날 웜뱃 부부는 무척 화가 나 있었어요. 신입 경찰들이 조사한답시고 와서 아기 웜뱃들과 술래잡기만 하다 갔거든요."

"정말 한심하군."

본즈가 툭 내뱉었어.

"지난 일요일 밤 8시엔 우즈 부인의 황금 메달이 없어졌어요. 우즈 부인은 121번지에 사는 그레이하운드예요. 부인도 진흙투성이 도둑을 언뜻 봤다고 했어요."

나는 창밖으로 고요한 동네를 내다봤어. 이렇게 평화로운 곳에서 무시무시한 범죄가 여러 번 일어났다니!

"그리고 월요일, 같은 시간에 도둑은 테일러 부인의 은 브로치 두 개를 훔쳤죠. 테일러 부인은 148번지에 사는 들쥐인데 도둑의 모습을 똑똑히 봤대요. 신입 경찰들한테 그림까지 그려서 보여 줬다니까요. 하지만 신입 경찰들이 서로 들고 가겠다고 싸우다 그림을 갈기갈기 찢고 말았어요."

본즈는 고개를 절레절레 저으며 으르렁댔어.

"동네 주민들은 화요일에도 도둑이 들까 봐 무척 걱정했어요. 화요일엔 폭풍우가 몹시 심하게 휘몰아쳤죠. 천둥소리에 묻혀 도둑질하기 딱 좋았을 텐데 이상하게도 그날엔 아무 일도 일어나지 않았어요."

"재밌군. 아주 재밌어."

본즈가 수첩에 버치의 말을 메모했어.

"우린 도둑질이 드디어 끝난 줄 알고 안심했어요. 그런데 이번에는 우리 집에…"

버치가 다시 훌쩍대기 시작했어.

"버치 씨 이야기가 큰 도움이 되었습니다. 덕분에 끔찍한 범죄자를 금방 잡을 수 있을 겁니다."

본즈는 언덕을 내려와 다시 다리를 건너는 동안 한마디도 하지 않았어. 나는 본즈가 사건을 푸는 동안 방해하지 않으려고 풍경을 둘러보며 침묵을 즐겼지.

본즈는 사무실에 도착하자마자 서랍에서 가장 커다란 뼈다귀 모양 개껌을 꺼냈어. 우리에게 주어진 까다로운 사건에 대해 고민할 시간이 필요하다는 뜻이었지.

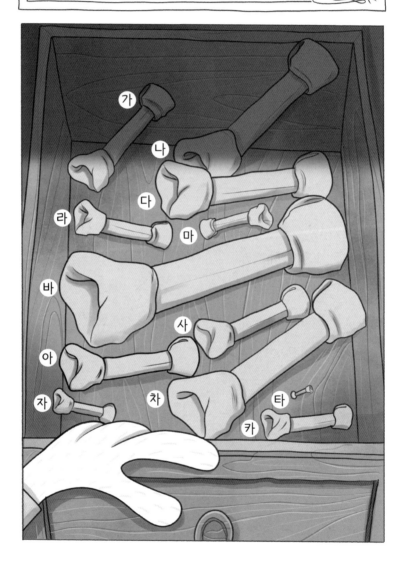

솔직히 나는 전혀 감이 잡히지 않았어. 도대체 어떤 악당이길래 부자 동네인 하이츠 주택가를 터는 것도 모자라 여왕님의 왕관과 보석들까지 훔쳐 간 걸까.

도둑은 사나운 털북숭이였어. 하지만 이 도시의 복잡한 뒷골목에는 그런 동물이 수백 마리도 넘게 살고 있었지. 도둑은 비가 왔던 화요일만 빼고 매일 밤 8시에 물건을 훔쳤어. 본즈는 그 사실을 무척 흥미로워했지만 나는 그게 어떤 의미인지 도통 알 수 없었지.

바깥이 어둑해지기 시작했어. 그런데 본즈가 갑자기 벌떡 일어나더니 바이올린을 들고 연주하지 뭐야. 그건 사건 해결의 실마리를 발견했다는 뜻이었지.

"7시 반이군. 어서 서둘러야 해."

본즈는 욕실로 달려가더니 양동이에 물을 가득 채워 들고 나왔어. 나도 벌떡 일어나 나갈 채비를 했지.

"본즈, 어디로 가야 하지?"

"하이츠 주택가! 도둑이 분명 오늘도 나타날 거야!"

우리는 두꺼비가 운전하는 택시를 타고 자갈이 깔린 울퉁불퉁한 도로를 내달렸어. 나는 덜컹거릴 때마다 양동이 물이 넘치지 않도록 꼭 붙들어야 했지.

　강가에 이르자 택시가 속도를 늦추었어. 자욱하게 깔린 안개 때문에 앞이 잘 보이지 않았거든. 덕분에 나는 양동이를 들고 있기가 한결 쉬워졌어. 나와 달리 본즈는 안절부절못하며 투덜댔지만 말이야.

　"기사님, 빨리 좀 가시죠."

　"저 짙은 안개를 봐요! 난 택시로 사고 내긴 싫다오."

　두꺼비가 까칫한 표정으로 그 말을 마치자마자 우비를 입은 족제비가 안개 속에서 갑자기 나타났어.

　끼이익! 두꺼비는 있는 힘껏 브레이크를 밟아야 했지.

택시가 장애물을 피해 하이츠 주택가까지
무사히 도착하도록 길을 안내해 주세요.

우리는 다행히 안전하게 다리를 건너 하이츠 주택가의 나선형 오르막길 앞에서 내렸어. 나는 양동이를 든 채 낑낑대며 성큼성큼 앞서가는 본즈를 뒤따랐지.

길은 텅 비어 있었고 우리들 발소리만 울려 퍼졌어. 나는 진흙투성이 괴물이 안개 속에서 튀어나와 무시무시한 이빨로 우리를 물어뜯을까 봐 몹시 두려웠어. 그래서 나는 용감한 고양이니까 겁먹지 말자고 계속 되뇌었지. 하지만 어둠 속에서 우리를 노려보는 괴물의 무시무시한 두 눈이 떠오르자 꼬리가 쭈뼛 서지 뭐야.

"캣슨, 이제 다 왔어."

희미한 안개 사이로 몰리의 집이 보였어.

"도둑이 여기에 또 올 거라면 몰리에게 알려야 하지 않아? 그래야 남은 티아라들을 도둑맞지 않지."

"아니. 아직 때가 아니야."

본즈는 대체 무슨 꿍꿍이일까? 도둑이 오는 줄도 모르고 있을 가엾은 푸들 생각에 가슴이 쿵쿵 뛰었어.

그때, 낮게 으르렁거리는 소리가 들려왔어. 나는 덜덜 떨며 도둑이 어디에 숨었는지 찾아내려고 주위를 이리저리 둘러봤지. 그러나 아무것도 보이지 않았어.

그런데 갑자기 몰리의 집 문이 스르륵 열렸어. 그러더니 진흙투성이 개가 문밖으로 나오지 뭐야!

"도둑이다! 본즈, 도둑이 몰리 집에 있었어! 몰리가 무사한지 확인해야 해."

"그럴 필요 없어."

내가 속삭이자 본즈는 이렇게 대답하더니 느닷없이 물이 담긴 양동이를 집어 들고 앞으로 달려 나갔어.

도둑이 우리를 발견하고 으르렁거리는 바람에 내 털이 온통 바짝 곤두섰어. 버치가 말한 대로 도둑은 사나

운 눈빛에 이빨도 송곳처럼 길고 날카로운, 끔찍한 괴물이었거든.

하지만 본즈는 겁내기는커녕 양동이에 든 물을 도둑에게 냅다 끼얹었어. 그러더니 도망치려는 도둑의 꼬리를 꽉 움켜쥐었지.

난 본즈를 도우려고 서둘러 달려갔다가 진흙이 씻겨 나간 도둑의 얼굴을 본 순간 우뚝 멈춰 서고 말았어.

세상에, 도둑은 바로 몰리였어!

몰리는 변장하느라 달았던 북슬북슬한 검은 꼬리를 본즈의 앞발에 남긴 채 휙 달아났어. 내가 곧바로 달려들어 두 다리를 꽉 잡았지만 몰리는 있는 힘껏 신발을 벗더니 다시 도망가 버리고 말았지 뭐야.

아래에서 몰리의 신발 자국을 찾아보세요.
신발 자국은 좌우가 바뀌어 찍힌다는 걸 잊지 마세요!

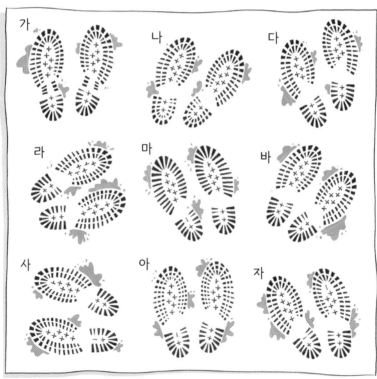

가

나

다

라

마

바

사

아

자

몰리는 전속력으로 달려 언덕 위로 도망쳤어. 집집마다 불이 켜지고 잠옷 차림의 주민들이 밖을 내다봤지.

나는 펄쩍 달려들어 몰리의 왼쪽 귀를 잡았어. 그런데 귀가 툭 떨어지지 뭐야! 그건 몰리의 진짜 귀가 아니라 검은 털실로 굵게 짠 변장 도구였던 거야.

나는 가짜 귀를 던져 버리고 나선형 오르막길을 계속 달렸어. 거리가 좁혀지자 다시 훌쩍 뛰어올라 이번엔 몰리의 옆구리에 발톱을 푹 찔러 바닥에 쓰러뜨렸지.

몰리도 이에 질세라 고개를 휙 돌려 내 팔을 콱 깨물었어. 그런데 아프기는커녕 콕 찔리는 느낌만 들었지. 바닥을 보니 흰색으로 칠한 성냥개비들이 떨어져 있었어. 이빨도 변장 도구였던 거야!

난 변장이 다 떨어져 나간 채 빠져나가려고 몸부림치는 몰리를 단단히 붙잡으며 외쳤어.

"이제 그만해요! 끔찍한 연극은 끝났으니까!"

"캣슨, 잘했어."

본즈가 안개 속에서 모습을 드러내며 말했어. 그러고
는 주머니에서 호루라기를 꺼내 휙 불었지. 주위를 둘러
보니 우리는 버치의 집 앞까지 와 있었어.

"저기…, 요? 거기…, 누구세요?"

"버치 씨, 셜록 본즈와 캣슨 박사입니다. 경찰서에 가
서 블러드하운드 경감을 불러 주시겠어요?"

그제서야 버치는 다리를 바들거리며 밖으로 나왔어.

"그러다 도둑이 절 공격하면 어떡하죠?"

"도둑은 여기 잡아 뒀으니 걱정 마십시오."

버치가 슬금슬금 다가와 앞발로 몰리를 툭 건드렸어.
몰리가 으르렁대자 버치는 움찔하며 뒤로 물러났지.

"어, 잠깐만요! 혹시 몰리 러핑턴 아니에요?"

"날 알아보는군요. 하긴, 워낙 연극을 많이 했으니까."

"그게 아니라 작년에 당신이 주문한 택배가 우리 집으로 잘못 와서 내가 가져다줬잖아요. 기억 안 나요?"

버치가 몸을 꼿꼿이 세우더니 가슴을 쫙 펴며 말했어.

"아, 이제 알겠네요. 도둑 사건은 당신이 변장해서 벌인 짓이었군요. 실은 하나도 무섭지 않았다고요."

"다행이군요. 그럼 어서 가서 경감을 데려오시죠."

본즈의 말이 끝나기 무섭게 버치는 달려 내려갔지.

버치가 경찰서까지 갈 수 있도록 도와주세요.
서로 접해 있는 오각형 돌들만 밟으며 가야 해요.

"흠, 아무리 영리한 관객이라도 내 연기에는 홀딱 속아 넘어갔어요. 그런데 당신들은 어떻게 알아챈 거죠?"

몰리가 무척 억울하다는 듯이 물었어.

"꽤 간단했습니다. 처음엔 당신을 의심하지 않았죠. 발자국이 당신 집 앞에서 끊기긴 했지만 발자국 크기가 당신의 발보다는 훨씬 컸거든요. 그런데 발목 주위로 털이 눌린 모습을 발견하는 순간 당신이 최근에 큰 장화를 신었을지도 모른다는 생각이 번쩍 들더군요."

몰리가 본즈의 말에 몸서리치며 반항했어. 나는 더더욱 세게 몰리를 붙잡았지.

"다음으로는 빛바랜 연극 포스터들을 보고 의심을 품게 되었죠. 모두 아주 오래전 작품이라는 건 더 이상 새 작품이 들어오지 않는다는 의미인데도 값비싼 티아라를 팔지 않고 있다? 이건 앞뒤가 맞지 않았죠."

"잠깐 쉬고 있는 것뿐이에요! 관객들은 날 사랑해요!"

"이젠 교도소 청소를 쉴 틈 없이 하면 되겠군."

몰리가 내 말을 듣고 이를 드러내며 으르렁거렸어. 그래도 본즈는 아랑곳하지 않고 추리를 이어 나갔지.

"당신은 우리한테 보낼 편지를 우편집배원에게 줬다고도 말했죠. 하지만 우편집배원은 우리가 당신 집에서 나왔을 때 그제서야 이 동네를 돌기 시작하더군요. 즉, 당신은 거짓말을 한 거예요. 티아라 하나를 숨겨 놓고 자신도 도둑맞은 척하면서 우리를 속인 거죠."

몰리는 정말 비열한 거짓말쟁이였어! 나는 몰리가 훌쩍거리면서 도둑맞은 티아라에 대해 했던 이야기가 지어낸 것일 줄은 상상도 못 했다니까.

본즈가 버치의 집을 가리키며 말을 이었어.

"마지막 단서는 폭풍우가 심하게 몰아친 날엔 도둑이 나타나지 않았다고 했던 버치 씨의 말이었어요. 처음엔 갈피를 못 잡다 문득 깨달았죠. 도둑은 분명 변장이 빗물에 씻기는 걸 원하지 않았다고요."

몰리는 변명을 늘어놓았어.

"뭐, 이웃들한테서 물건을 좀 빌리긴 했어요. 나중에 다 갚을 계획이었다고요. 하지만 여왕님의 왕관을 훔치진 않았어요. 내가 얼마나 여왕님을 존경하는데요!"

몰리는 정말 억울해 보였어. 하지만 난 다시는 연기에 속아 넘어가지 않을 작정이었지.

"그럼 궁전에서 당신 집까지 난 발자국은 뭐죠?"

"카페에서 회중시계를 팔고 돌아오는 길에 궁전 앞을 지나쳤을 뿐이에요. 궁전에는 들어간 적도 없어요!"

그때 언덕 아래에서 요란한 사이렌 소리가 들려왔어.

"본즈, 몰리의 말은 무시해. 또 거짓말하는 거야."

"그럴지도 모르지. 하지만 아직 두 개의 단서가 더 남아 있어. 완벽한 증거를 확인하기 전까지는 어떤 결론도 내리지 않을 거야."

때마침 블러드하운드 경감의 차가 안개를 뚫고 나타났어. 버치는 경감 옆에 앉아 있었고, 뒤에 탄 신입 경찰들이 창살 사이로 머리를 내밀고 있었지.

신입 경찰들은 차에서 뛰어내리자마자 서로를 쫓아 다니며 놀기 바빴어.

경감이 본즈에게 물었지.

"이 푸들이 여왕님의 왕관을 훔친 도둑이라고?"

"도둑이라는 건 의심의 여지가 없네. 하지만 여왕님의 물건을 훔쳤는지는 확인해 봐야 해. 일단 잡아 두면 우리가 일을 마치고 찾아가겠네."

"알겠네. 그나저나 캣슨, 이제 그만 신참들에게 도둑을 맡기지 그래?"

하지만 나는 경감의 말을 흘려들었어. 신입 경찰들에게 맡겼다가는 몰리가 곧바로 달아날 게 뻔했으니까 말이야. 나는 몰리를 경찰차 뒷자리에 직접 밀어 넣고 경감이 차 문을 잠글 때까지 한시도 눈을 떼지 않았어.

다음 날, 우리는 일찍 일어났어. 본즈는 평소처럼 아침으로 오믈렛을 먹었지. 그런데 내가 연어를 입에 막 넣으려는 순간 모자를 집어 들고 문으로 향하지 뭐야.

"캣슨, 꾸물거릴 시간이 없네. 당장 다음 단서를 조사해야 한다고. 기념품 가게 주인이 들었다는 덜컹대는 소리에 대해 알아보러 가야 해."

나는 연어를 꿀꺽 삼키고 부랴부랴 따라나섰어.

우리는 서둘러 공원으로 들어갔어. 하지만 이번에는 궁전이 아니라 북쪽에 있는 야옹길로 들어섰지.

그 길은 자그마한 거리였는데 한쪽에는 가게들이 늘어서 있었고 반대편엔 식당이 하나 있었어. 경감이 알려 준 '깁슨 기념품 가게'는 오른쪽 첫 번째에 있었어. 여왕님의 부루퉁한 얼굴이 그려진 다양한 컵과 접시가 커다란 유리 진열장에 진열되어 있었지.

본즈가 가게 문을 열자 종이 울렸어. 둥근 테 안경을 쓴 작은 두더지 깁슨이 계산대에서 손을 흔들어 인사했지. 가게 안은 온갖 기념품으로 가득했어.

"어서 오세요. 찾으시는 게 있나요?"

"저희는 절도 사건을 조사 중입니다. 지난주에 덜컹거리는 수상한 소리를 들었다고 말씀하셨던데요?"

"신입 경찰들이 또 오는 건 아니겠죠?"

깁슨이 계산대 앞으로 헐레벌떡 뛰어나오며 물었어. 그러고는 몸이 덜덜 떨리는 바람에 아래로 흘러내려 온 안경을 밀어 올리며 말을 이었지.

"신입 경찰들이 왔다 간 뒤로 손해가 이만저만이 아니에요. 유리 찻잔 위로 뛰어오르질 않나, 엽서를 질겅질겅 씹어 대질 않나. 욕실 매트까지 찢어 놓았어요. 제가 얼른 잡지 않았으면 저 램프도 박살 났을 거예요."

깁슨은 여왕님의 똥한 얼굴이 새겨진 작은 유리 램프를 가리켰어.

깁슨의 설명을 보고 자석, 수건, 컵, 접시의 값을 알아맞혀 보세요. 엽서 1장 값은 300원이에요.

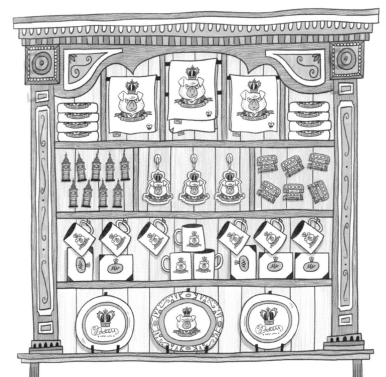

- 자석값은 엽서값과 같아요.
- 수건값은 자석 3개 값과 같아요.
  - 컵은 수건값에서 엽서값을 뺀 것과 같아요.
  - 접시값은 컵 1개와 엽서 1장 값을 더한 것과 같아요.

"걱정 마세요. 저희는 그 정신없는 신입 경찰들을 데리고 다닐 생각이 전혀 없거든요."

"휴, 참 다행이네요."

그제야 깁슨은 안심된다는 듯 의자에 기대앉았어.

"그 소리가 들린 지는 한 일주일쯤 됐어요. 그냥 소리만 난 게 아니라 물건이 죄다 흔들릴 정도로 가게가 덜컹거렸다니까요! 얼마나 심했으면 휴지걸이가 망가질까 봐 상자 안에 넣어 두었겠어요. 하나 사실래요? 목욕 가운이랑 같이 사면 싸게 드릴게요."

"아, 아니요. 다음에요…."

내가 대충 얼버무리며 대답했어.

"음, 그런데 소리가 날 때 왜 가게가 덜컹거렸을까요? 그 순간 트럭 같은 대형차가 지나간 건 아닐까요? 아니면 곰 몇 마리가 우르르 지나갔거나?"

깁슨은 단호하게 고개를 저었어.

"아니에요. 마치 땅속이 흔들리는 것 같은 소리였어요. 지진인 줄 알았는데 아무 기사도 안 나더군요."

그러더니 갑자기 내 뒤편에서 돋보기로 골무를 들여다보고 있는 본즈를 앞발로 가리켰어.

"어, 명탐정 셜록 본즈 맞으시죠? 사진 한 장 찍어도 될까요? 당신 사진을 수건이나 접시에 넣어 셜록 시리즈를 만들면 여왕님 시리즈 못지않게 잘 팔릴 텐데요. 허락해 주시면 수익의 10퍼센트를 드릴게요."

"아뇨, 사양하겠습니다. 아무튼 도움을 주셔서 감사합니다. 그럼 이만."

본즈는 딱 잘라 거절하곤 서둘러 가게 밖으로 나갔어.

"그럼 15퍼센트는 어때요?"

나는 깁슨이 외치는 소리를 뒤로하며 문을 닫았지.

본즈는 돋보기로 건물의 벽돌을 살펴보며 말했어.

"나는 단서들을 더 찾아볼게. 그사이 자네는 다른 가게들을 다니며 덜컹대는 소리에 대해 물어봐 주게."

나는 먼저 자전거 가게로 갔어. 햄스터나 들쥐부터 곰 전용까지, 다양한 크기의 자전거들을 파는 가게였지.

"어서 오세요. 고양이용 자전거를 보러 오셨군요."

젊은 미어캣이 나를 올려다보더니 작은 자전거가 있는 쪽으로 걸어가며 덧붙였어.

"이번에 새로 들어온 자전거예요. 꼬리 놓을 자리도 넉넉하고 발톱 긁개와 쥐 잡이 그물도 달려 있지요."

"와, 멋지네요. 그런데 오늘은 자전거가 아니라 덜컹거리는 소리를 들은 적이 있는지 물어보러 왔어요."

"아, 당연히 들었죠. 좀 됐는데 최근엔 더 심해졌어요. 자전거 수리를 하기 힘들 정도로 흔들리거든요."

다음으로는 길 건너편 벌레 식당으로 갔어. 온몸이 뾰족뾰족한 가시로 뒤덮인 고슴도치들이 애벌레 튀김을 먹고 있었지.

앞치마를 두른 청설모가 의자를 빼 주며 물었어.

"집게벌레 롤빵을 드릴까요? 아니면 노래기 알이나 민달팽이 잼을 바른 도톰한 토스트도 있고요."

이름만 들어도 속이 뒤틀렸지만 나는 애써 웃었어.

"참 맛있겠네요. 그런데 오늘은 요즘 들어 덜컹거리는 느낌을 받은 적이 있는지 물어보러 왔어요."

"아주 많았죠. 처음엔 오븐이 터진 줄 알았어요! 옛날에 파리 파이를 굽다 폭발한 적이 있었거든요."

마지막으로 찾아간 가게는 '토비의 당근 세상'이었어. 마룻바닥이 반짝반짝 윤나는 깨끗한 가게였지. 바닥에는 당근 바구니들이 잔뜩 늘어서 있었고 선반에는 당근 잼, 당근 과자, 당근 치약 들이 쌓여 있었어.

토비는 한쪽 귀가 늘어진 커다란 갈색 토끼였어. 계산대에서 앞발에 묻은 흙먼지를 닦아 내고 있었지.

토비의 당근 가게에서 다음 물건들을 찾아보세요.

당근 잼 3병   당근 치약 3개 당근 과자 2통

당근 거품 목욕제 1통 당근 사탕 1봉지

"어서 오세요. 동네에서 우리 당근이 가장 쌉니다. 당근 파티를 준비하신다면 배달도 싸게 해 드려요."

"아, 그렇군요. 그런데 저는 혹시 지난주에 덜컹대는 소리를 들었는지 물어보러 왔어요."

토비는 잠시 천장을 올려다보더니 어깨를 으쓱했어.

"그런 소리는 못 들었는데요."

"정말요? 주변 가게 사장님들은 다들 들었다던데요."

"저는 아무것도 못 들었어요. 다른 사장님들이 들은 건 아마 덩치 큰 오소리들이 뛰어다니는 소리였을 거예요. 그 소리가 시끄럽다는 민원이 종종 있었거든요."

"그렇군요. 시간 내 주셔서 고맙습니다."

나는 밖으로 나와 본즈를 만났어.

"당근 가게 사장인 토끼만 빼고 다들 덜컹대는 소리를 들었대. 토끼 사장은 귀가 아래로 처져서 그런지 잘 안 들리나 봐."

"그럴지도 모르지. 하지만 뭔가 수상하군."

우리는 오전 내내 벌레 식당에 앉아서 건너편에 있는 당근 가게를 지켜봤어. 토비는 몇 번이나 커다란 트럭에 당근을 싣고 배달을 다녀왔지.

　"캣슨, 토끼 사장에 대해 알아낸 걸 알려 주게."

　"당근이 엄청 잘 팔린대. 다른 데보다 많이 싸니 당연한 일이지만."

　그때 자동차 엔진 소리가 들려왔어. 토비가 다시 가게 앞에 트럭을 세우고 안으로 들어가는 모습이 보였지.

　"자네 말이 맞아. 그런데 저렇게 많은 당근들이 대체 어디서 나는 걸까? 트럭에 당근을 가득 채워 나간 게 벌써 네 번째야. 그럼 지금쯤 두 번은 동났어야 한다고. 그런데 가게 안의 당근이 조금도 줄지 않았어."

　그러고 보니 본즈의 말이 맞았어. 토비의 판매대에 놓인 바구니들은 여전히 당근으로 꽉 차 있었지.

"흠흠! 손님, 벌써 세 시간째 메뉴를 고르고 계시네요.
이제 주문하실 때가 된 것 같습니다."

청설모가 앞발을 허리에 얹은 채 우리를 빤히 바라보
며 재촉했어. 본즈는 모자를 벗고 사과했지.

"죄송합니다. 둘 다 오늘의 메뉴로 주십시오. 그게 뭔
지는 모르겠지만요."

"오, 드디어!"

청설모가 신나게 외치더니 주방으로 뛰어갔어.

"캣슨, 가게에서 창고로 통하는 문 같은 건 못 봤어?"

"못 봤어. 지하실로 통하는 문이나 다락으로 올라가
는 사다리 같은 것도 없었고."

"저 가게 안으로 들어가 봐야겠어. 토끼 사장이 배달
을 나가면 몰래 숨어들자고. 문은 잠그지만 옆쪽 창문은
열어 두더군. 캣슨, 창문으로 뛰어들 수 있지?"

나는 고개를 끄덕였어. 창문이 상당히 높고 좁긴 했지
만 뛰어오르는 건 자신 있었으니까.

별안간 축축하고 퀴퀴한 냄새가 콧구멍 속으로 풍겨 왔어. 이윽고 청설모가 커다란 파이 두 개를 들고 우리를 향해 다가왔지. 파이가 어쩐지 조금씩 꿈틀거리는 것 같았어. 제발 나의 착각이길 바랐지.

"오늘의 메뉴입니다. 집게벌레 겨자나 지네 소금이 필요하면 말씀해 주세요."

나는 움찔하며 파이를 쿡 찔러 봤어. 그러자 애벌레 하나가 머리를 쏙 내밀었다가 다시 들어가지 뭐야!

"정말 맛있답니다. 신선할 때 얼른 드세요."

청설모가 잔뜩 신이 난 목소리로 말했어.

본즈는 목에 냅킨을 두르며 먹을 준비를 했지.

"어서 하라는 대로 해. 시선을 끄는 행동하면 안 돼."

나는 포크로 애벌레를 떠서 입에 쑤셔 넣었어. 목구멍을 따라 꾸물꾸물 내려가는 통통한 애벌레의 움직임이 생생하게 느껴졌지. 본즈는 파이에서 나온 민달팽이를 우적우적 씹어 먹으며 코를 찡그렸어.

　　"캣슨, 나는 히말라야에서 한 달 동안 이끼만 먹고 버틴 적도 있어. 그때에 비하면 민달팽이는 훌륭하지."

　　나는 하는 수 없이 파이를 깊숙이 잘랐어. 그러자 개미, 딱정벌레, 집게벌레 들이 바글거리며 쏟아져 나왔지. 청설모는 계산대 뒤에서 팔짱을 낀 채 흐뭇한 표정으로 우리를 바라보고 있었어.

1점 2점 3점 4점 5점 6점 7점

"캣슨, 토끼 사장이 또 나가고 있어. 지금이 기회야!"

본즈가 트럭에 타고 있는 토비를 가리켰어. 나는 벌레들이 소름 끼치게 꿈틀대는 접시 위에 얼른 포크를 내려놓으며 안도의 한숨을 쉬었지.

"음식이 무척 맛있습니다. 그런데 갑자기 급한 일이 생겨서 나가 봐야겠네요."

"그럼 남은 음식을 싸 드릴까요?"

청설모가 아쉬운 표정으로 물었지만 우리는 부랴부랴 식당을 나왔어. 다행히 골목에는 아무도 없었지.

나는 창문 밑에 웅크리고 앉았어. 그런 다음 꼬리를 들어 올린 채 엉덩이를 좌우로 실룩실룩 움직이다 머리 위로 앞다리를 쭉 뻗으며 펄쩍 뛰어올랐지. 슝!

나는 좁은 창문을 무사히 비집고 들어갔어. 하지만 바구니로 곤두박질치는 바람에 당근 두어 개가 뭉개져 버렸지 뭐야. 토비가 알아채지 못해야 할 텐데!

나는 계산대 안쪽에서 열쇠 꾸러미를 찾았어.

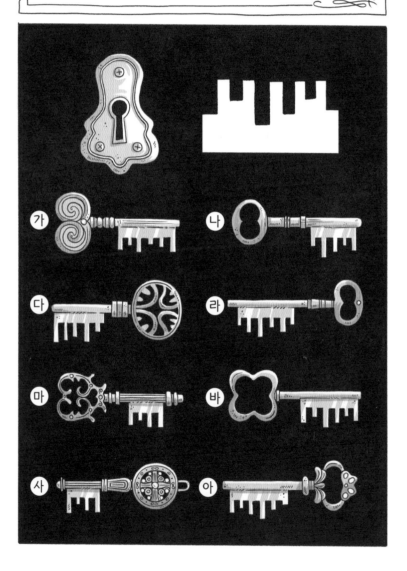

"캣슨, 잘했어. 내가 가게 안을 자세히 살펴보는 동안 망 좀 봐 줘."

본즈가 뒷벽을 톡톡 두드리며 다니는 동안 나는 밖으로 나가 주위를 둘러봤어. 그런데 얼마 지나지 않아 큰길에서 트럭 소리가 들려왔지. 토비가 돌아오고 있었어. 이렇게 배달이 빨리 끝난 적은 없었는데!

나는 너무 당황한 나머지 잠깐 동안 그 자리에 못 박힌 듯 서 있었어. 온몸의 털이 바짝 곤두섰지. 그러다 얼른 정신을 차리고 부랴부랴 가게로 들어갔어.

본즈는 커다란 벽장 옆에 네 발로 엎드려 있었어.

"토비가 오고 있어!"

내가 급히 소리쳤어. 트럭이 가까이 다가오는 소리가 들렸어. 하지만 지금 가게 밖으로 나갔다가는 토비와 마주칠 게 분명했지.

본즈가 외쳤어.

"숨어야 해!"

나는 가게 문을 잠그고 열쇠 꾸러미를 계산대에 다시 걸어 놓았어. 본즈가 벽장 안에서 속삭였지.

"캣슨, 이리 들어와."

다행히 내가 얼른 뛰어들어 벽장문을 닫은 순간, 토비가 가게 안으로 들어오더군.

본즈는 벽장 안에서 계속 꼼지락거렸어. 난 너무 신경 쓰여서 가만히 있으라고 갸르릉거리고 싶었지만 토비에게 들킬까 봐 차마 아무 소리도 낼 수 없었지.

토비가 계산대 서랍을 뒤적이는 소리가 났어. 뭔가를 찾는 것 같았지. 설마 다음 차례가 벽장은 아니겠지?

본즈는 쭈그리고 앉아 계속 바닥을 뒤적였어. 달그락 대는 소리에 이어 가볍게 쿵 부딪치는 소리가 났지.

나는 들킬까 걱정하며 본즈가 있어야 할 자리를 더듬었지만 아무도 없었어. 순식간에 혼자 남게 된 거야!

점점 벽장 가까이 다가오는 토비의 발소리가 들렸어.
토비가 나를 발견하고 화를 내면 뭐라고 해야 하지?

그때 뭔가가 내 발을 톡톡 쳤어. 세상에! 아래를 보니
본즈의 앞발이 바닥에 달린 뚜껑 사이로 그림자처럼 쑥
나와 있지 뭐야. 본즈는 그 뚜껑 아래 구멍으로 사라졌
던 거야. 난 얼른 구멍 속으로 뛰어내렸어. 본즈가 뚜껑
을 닫자마자 머리 위에서 벽장문이 열렸지.

우리는 땅굴 입구에 있었어. 바닥은 부드러운 흙으로
덮여 있고, 벽에는 초록색 야광 페인트가 군데군데 칠
해져 있었지.

"음, 토끼 사장에겐 비밀이 많은 것 같군."

땅굴 안으로 들어가 몇 발자국 걸으니 길이 갑자기 꺾
이면서 신선한 풀과 흙 냄새가 났어. 그러다 널찍한 공간
으로 들어선 순간, 발치에 뭔가가 부딪혔어.

"본즈, 여기에 뭔가가 있어."

가만히 더듬어 보니 그건 바로 당근이었지!

땅굴 속에 당근이 뒤죽박죽 섞여 있어요.
모두 몇 개인지 세어 보세요!

"당근이 수백 개는 되겠군. 이렇게 꽁꽁 숨겨 놓은 걸 보면 불법적으로 당근을 들여오는 게 틀림없어. 토비가 뭘 더 숨기고 있나 살펴보자고."

본즈는 다시 걸음을 옮기기 시작했지만 난 더 깊숙이 들어갈 생각을 하니 등이 뻣뻣해졌어. 하수도와 지하 통로에 대한 끔찍한 괴담들을 많이 알고 있었거든. 물론 그걸 다 믿는 건 아니었지만 말이야.

"본즈, 그만 나가는 게 어때? 토비가 다시 배달하러 나갔을지도 모르잖아."

"나는 사건 현장에서 절대 도망치지 않아. 그건 자네도 마찬가지인 걸로 아는데."

우리는 벽에 묻은 초록색 야광 페인트를 따라 더 깊이 들어갔어. 땅굴은 또다시 왼쪽으로 꺾였고, 그곳에는 상자 몇 개와 빈 헝겊 자루가 있었지.

"당근 저장실이 또 있다니. 흥미로운걸."

나는 혼잣말로 중얼거리며 본즈를 따라 계속 걷다가

문득 이상한 소리가 들리는 것 같아 걸음을 멈추었어. 마치 발을 질질 끌며 걷는 소리처럼 들렸지.

"본즈, 잠깐만. 이 소리 안 들려?"

하지만 그 순간 이상한 소리는 뚝 끊겼어.

"내가 잘못 들었나…"

우리는 계속 걸어갔어. 그런데 본즈가 갑자기 멈추는 바람에 부딪쳐 넘어질 뻔했지 뭐야.

"캣슨, 자네 말이 맞았던 것 같아."

내가 다시 귀를 기울이니 소리는 아까보다 훨씬 또렷하게 들려왔어. 무시무시한 콧김을 뿜어 대며 쿵쿵대는 소리였지. 털이 온통 곤두서고 앞발에선 땀이 났어.

"캣슨, 가게로 되돌아가는 게 좋겠어."

그때 땅굴이 위쪽으로 이어지는 곳에 초록빛 그림자가 보였어. 나는 이게 꿈이길 바라며 두 눈을 비볐어.

"본즈, 자네 눈에도 저게 보여?"

"뒤로 천천히 물러나. 저쪽은 아직 우릴 못 봤어."

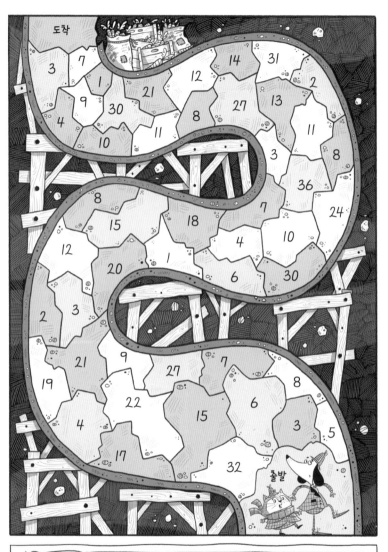

본즈와 캣슨이 땅굴을 되돌아갈 수 있게 도와주세요.
서로 접해 있는 3의 배수들만 밟을 수 있어요.

나는 아까 들어온 입구로 당장 뒤돌아 뛰어가고 싶었지만 본즈의 말대로 했어. 갑작스럽게 움직여 봤자 괴물의 관심만 끌 게 뻔했으니까.

　우리는 괴물의 그림자에서 눈을 떼지 않은 채 천천히 뒷걸음질 쳤어. 다행히 그림자는 꼼짝하지 않았지. 나는 밖으로 나가면 다시는 이 끔찍한 곳에 돌아오지 않을 작정이었어.

　그런데 울퉁불퉁한 바닥을 헛디디는 바람에 균형을 잃고 말았어. 나는 넘어지지 않으려고 안간힘을 썼지만 쿵 소리까지 내며 바닥에 부딪쳤지 뭐야!

　나는 괴물이 소리를 듣지 못했길 간절히 바라며 쥐 죽은 듯 가만히 엎드려 있었어. 하지만 그럴 리 없었지. 날카로운 괴성이 울려 퍼지더니 쿵쿵대는 발소리와 함께 잔뜩 흥분해 콧김을 뿜어내는 소리가 들려왔어.

　우린 누가 먼저랄 것도 없이 소리쳤어.

　"녀석이 눈치챘어. 뛰어!"

우리는 겁에 질려 어두운 땅굴을 따라 마구 달렸어. 힐끔 돌아보니 점점 가까이 따라오고 있는 초록색 괴물이 보였지. 주둥이가 짧고 뭉툭했는데 눈과 입 부분은 시커멨어.

"여기야!"

본즈가 갑자기 내 팔꿈치를 힘껏 끌어당겼어. 그곳은 조금 전에 발견했던 두 번째 당근 저장실이었지.

"우리가 따돌리기엔 저놈이 너무 빠르니 일단 숨어 있자고. 이게 자네 냄새를 감춰 줄 거야."

본즈가 작은 목소리로 속삭였어. 나는 본즈가 건넨 헝겊 자루 안으로 들어갔어. 아직 당근이 몇 개 남아 있는지 울퉁불퉁하고 불편했지만 어쩔 수 없었지.

아래쪽 조각 그림 가운데 큰 그림에 없는 것을 찾아보세요.
꼭꼭 숨어 있는 본즈와 캣슨도 보이나요?

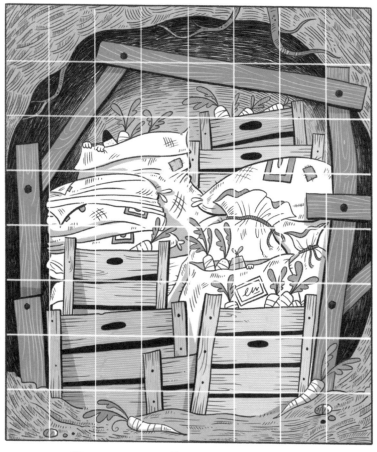

가　　　나　　　다　　　라　　　마　　　바

쿵쿵대는 괴물의 발소리가 점점 크게 들려왔어. 땅굴이 무너져 산 채로 매장될까 봐 걱정될 정도였지!

나는 살짝 자루 밖을 내다봤어. 다행히 초록색 괴물은 우리를 못 본 채 그냥 지나쳐 뛰어갔지.

"본즈, 저건 대체 뭘까?"

"잘 모르겠어. 어쩌면 하수도 괴물이 아닐까 싶은데."

나는 본즈의 대답을 듣자마자 숨을 헉하고 삼키고 말았어. 아주 어렸을 때 땅 속 괴물 이야기를 들은 적이 있거든. 하지만 기저귀를 떼고 나서는 그런 이야기들을 믿지 않았지. 그런데 그 괴물이 진짜 있었다니!

"어서 나가야 해! 우린 산 채로 잡아먹히고 말 거야!"

나는 울면서 소리쳤어.

"쉬잇! 캣슨, 진정해. 이렇게 큰 소리를 계속 내면 괴물이 다시 나타날지도 모르니까."

나는 두려움을 참지 못한 스스로가 부끄러웠어. 본즈는 다시 땅굴로 들어섰고, 나는 덜덜 떨며 뒤따랐지.

우리는 괴물을 처음 본 장소로 향했어. 벽에 칠해진 초록 형광빛이 훨씬 밝아져 앞이 잘 보였지. 땅굴은 위쪽의 출구로 이어진 듯했어. 조금만 더 가면 이 악몽에서 벗어날 거라는 희망이 보였지.

그때, 멀리 뒤쪽에서 괴성이 메아리쳤어. 심장이 다시 쿵쿵 뛰기 시작했지. 내가 다급하게 속삭였어.

"괴물이 돌아오고 있어!"

"뛰어!"

우리는 시커먼 어둠을 향해 내달렸어. 어디로 가고 있는지는 알 길이 없었지만 우리가 괴물에게서 달아나는 방법은 이것뿐이었어.

본즈와 캣슨이 최대한 빠르게 땅굴을 빠져나갈 수 있도록 도와주세요. 막다른 길을 조심하세요!

"으악!"

본즈가 내 앞에서 쿵 하고 넘어졌어. 그 바람에 나까지 본즈에게 걸려 엎어지고 말았지 뭐야!

본즈가 천장을 가리키며 외쳤어.

"캣슨, 저 위를 봐!"

가느다란 햇빛 다섯 줄기가 땅굴로 스며들고 있었어.

"저건 맨홀 뚜껑이야. 얼른 날 위로 올려 줘!"

내가 무릎을 꿇고 엎드리자 본즈가 등 위로 올라섰어. 뚜껑을 열려고 움직일 때마다 무척 아팠지.

괴물의 발소리가 통로에 울려 퍼졌어. 시간이 없었지.

"본즈, 빨리 좀 열어 봐."

"나도 그러고 싶지만 뚜껑이 너무 꽉 잠겨 있어."

쿵쾅대는 소리가 점점 더 커졌어. 머리 위에선 흙덩이가 쏟아졌지. 괴물이 코앞까지 다가온 거야!

"됐어!"

본즈가 소리치며 뚜껑을 밀어 올렸어. 빛이 한꺼번에

쏟아져 들어오는 바람에 나는 눈을 질끈 감아야 했지.

본즈는 땅 위로 훌쩍 올라갔어.

"캣슨, 어서 내 앞발을 잡아."

본즈는 나를 휙 끌어 올린 뒤 뚜껑을 쾅 닫더니 얼른 걸쇠를 걸었어. 괴물이 밑에서 괴성을 질러 댔지만 밖으로 빠져나오진 못했지. 휴, 드디어 안전해진 거야.

우리는 어떤 여관의 뒷마당에 있었어. 자전거와 자동차가 자갈 깔린 땅에 반듯이 주차되어 있었지.

"본즈, 토비가 땅굴을 왜 여기로 뚫었을까?"

"아마 저것 때문이 아닐까."

본즈가 내 뒤쪽을 가리키며 대답했어. 저 멀리 집들 너머로 켄넬 궁전의 회색 지붕이 보였지.

"보석을 훔쳐 도망치기에 완벽하지 않아?"

"본즈, 어서 경감을 데려오자."

내가 고개를 끄덕이며 말했어.

"토비를 다시 만날 시간이군."

블러드하운드 경감은 가게에서 조금 떨어진 곳에 경찰차를 세웠어. 토비가 경찰차를 보고 도망치지 않도록 하려는 작전이었지. 나는 가게에 들어가 잼을 고르는 척하며 벽장에 붙어 땅굴로 가는 탈출구를 막았어.

이윽고 본즈가 가게로 들어왔어. 토비는 본즈를 보고 초조한 듯 코를 실룩거리며 눈을 요리조리 굴렸지.

"어서 오세요. 우리 가게 당근은 정말 싸답니다!"

"당연히 그렇겠지요. 가게 지하 땅굴에 당근을 잔뜩 쟁여 놓았으니까요."

토비가 계산대를 펄쩍 뛰어넘더니 출입문 쪽으로 도망쳤어. 그러나 막 가게로 들어선 경감이 앞을 막아섰지. 신입 경찰들도 졸랑졸랑 따라 들어와서는 당근을 야금야금 씹고 선반을 기어오르며 신나게 돌아다녔어.

토비가 포기했다는 듯 한숨을 내쉬었어.

"네, 제가 그랬어요. 하지만 후회는 없어요."

"여왕님의 왕관을 훔치고도 후회하지 않는다고요?"

본즈의 말에 토비는 황당한 표정을 지었어.

"무슨 소릴 하는 건지 모르겠네요. 가게 지하에 불법으로 당근을 저장한 건 맞아요. 새로 생긴 당근세가 터무니없이 높잖아요. 개껌 가격이나 올리라죠! 늘 우리 토끼들만 피해를 본단 말이에요."

"그럼 하수도 괴물에 대해서도 아는 게 없겠군요. 우리가 당신 가게 지하에서 맞닥뜨린 괴물 말입니다."

본즈의 말에 토비가 푸하하, 웃음을 터뜨렸어.

"괴물이라고요? 동화책을 너무 많이 읽으셨군요."

토비의 대답에 경감과 지긋지긋한 신입 경찰들이 깔깔거리며 웃어 댔어. 순간 나는 모두를 땅굴 속에 몰아넣고 싶었지. 무시무시한 괴물을 직접 맞닥뜨리고도 그렇게 웃을 수 있을지 궁금했거든.

경감은 어찌나 웃었는지 눈물을 닦으며 말했어.

"본즈, 이 밀수업자는 경찰서로 데려갈 테니 엉뚱한 얘기 그만하고 어서 여왕님께 가 보게. 자네를 찾으시더군. 아, 하수도 괴물 얘기는 여왕님 앞에서 꺼내지 말게나."

우리는 궁전 입구에서 엄숙한 표정으로 서 있는 덩치 큰 세인트버나드를 만났어. 그는 깔끔한 검은색 정장 차림에 새하얀 장갑을 끼고 있었지.

"여왕님께서는 지금 방문객을 받지 않겠다고 하셨습니다. 기분이 몹시 안 좋으시거든요."

"여왕님께서 저희를 부르셨다고 들었습니다만."

"아, 그렇군요. 알아보지 못해 죄송합니다. 저는 젠킨스입니다. 켄넬 궁전의 집사장이지요."

우리는 젠킨스의 안내를 받으며 궁전 안으로 들어갔어. 궁전은 상상했던 대로 아주 화려했지.

아래에서 젠킨스가 깜박 잊고
먼지를 털지 않은 물건을 찾아보세요.

'출발'에서 시작하여 각 방향(위, 아래, 왼쪽, 오른쪽)
으로 쓰인 숫자만큼 이동해 보세요. 예를 들어 '아2'는
아래로 두 칸을 이동하라는 뜻이랍니다. 마지막으로
도착한 곳에 있는 물건이 정답이에요!

'출발'에서 시작하여

아2, 오4, 아3, 왼4, 아3, 오6, 위2, 왼3, 위2, 왼1, 아2가 정답!

번쩍이는 황금색 난간을 따라 나선형 계단을 오르자 커다란 문이 나타났어. 젠킨스는 굵은 보라색 줄을 당겨 나지막이 벨을 울린 뒤 안쪽에서 으르렁거리는 소리가 들려오자 문을 열었어.

여왕님은 하얀 커튼이 드리워진 황금빛 침대에 앉아 있었어. 침대에는 보라색 벨벳 쿠션이 놓여 있었지.

나는 동전에 새겨진 여왕님의 얼굴을 평생 봐 왔고, 멀리서 본 적도 있었지만 직접 만나는 건 처음이었어.

여왕님은 턱살이 축 늘어지고 근엄하게 얼굴을 찌푸린 퍼그였어. 눈은 진한 갈색이었고 은 왕관에 작은 귀가 납작이 눌려 있었지.

여왕님이 낮고 걸걸한 목소리로 물었어.

"누구시오?"

"존경하는 여왕 폐하, 저는 셜록 본즈입니다. 그리고 이쪽은 저의 동료 캣슨 박사입니다."

본즈가 허리를 숙이며 대답했어.

나는 미소를 지어 보이고는 무릎을 굽혀 인사했어.

"내 왕관과 보석들을 빨리 찾아 주시오. 이 싸구려 은 왕관을 쓰고는 백성들 앞에 도저히 나갈 수 없소. 내 미모에 걸맞은 황금 왕관이 당장 필요하단 말이오."

여왕님이 뚱한 표정으로 말하는 사이 늘어진 입가를 타고 침이 흘러내렸어.

"유력한 용의자들을 찾아냈으니, 곧 도둑이 누구인지 밝혀질 것입니다."

젠킨스가 여왕님의 침대 옆 먼지를 털며 물었어.

"용의자들은 누굽니까?"

"연극배우 몰리와 당근 가게 사장 토비입니다. 지금 경찰서에 갇혀 있지요."

젠킨스가 고개를 끄덕이며 으르렁댔어.

"음, 이름만 들어도 흉악한 절도범이 맞는 것 같군요."

여왕님이 갑자기 찡그린 얼굴을 앞발에 푹 파묻었어.

"여왕님께서 얼마나 슬퍼하고 계신지 아시겠죠. 어서 사건을 해결하십시오."

우리는 허리를 숙여 인사하고는 여왕님의 침실에서 나왔어. 젠킨스가 뒤따라 나오며 공손하게 말했지.

"퍼킨스 군이 경찰서까지 모셔다 드려도 될까요?"

난간을 닦던 다른 세인트버나드가 일손을 멈추고 고개를 숙여 인사했어.

"친절은 고맙습니다만, 저희끼리 가겠습니다."

본즈가 대답했지.

젠킨스와 퍼킨스는 거의 똑같지만 다른 점이 있어요.
다른 점 여덟 군데를 찾아보세요.

젠킨스

퍼킨스

우리는 다시 거리로 나왔어. 햇빛이 너무 밝아서 나는 앞발로 눈을 가렸지.

"본즈, 경찰서로 곧장 갈 거야? 여왕님은 우리가 사건을 당장 해결하길 바라시는 것 같던데."

"아니. 신입 경찰들이 나무에서 발견했던 수상한 자국을 아직 조사하지 않았잖아."

본즈가 공원을 가리키며 대답했어.

"그리고 난 누군가를 위해서 일을 서두르지 않아. 여왕님도 예외는 아니지."

경감이 말한 나무를 찾는 건 쉬웠어. 다행히 신입 경찰들이 나무에 새겨진 자국은 건들지 않았거든.

"캣슨, 이게 무슨 뜻인지 알겠나?"

나는 본즈가 가리킨 자국들을 살펴봤어. 길거나 짧게 긁힌 자국들이 특이하게 섞여 있었지. 게다가 어떤 것들은 얇게, 또 어떤 것들은 아주 깊게 파여 있었어.

"글쎄, 아무 뜻도 없어 보이는데."

"아래쪽에 있는 자국일수록 최근에 새겨진 것 같아."

그러고 보니 위쪽에 있는 자국들은 흙먼지로 더럽혀져 있었어. 작은 거미가 집을 지어 놓은 흔적도 있었지.

"매일 아침 이 공원에 운동하러 오는 고양이들이 발톱으로 나무를 긁어 놓은 걸 거야."

"그렇다면 왜 길이가 이렇게 제멋대로일까? 그리고 어째서 서로 겹친 자국들이 하나도 없는 거지?"

나는 한 발짝 물러서서 보았어. 그 순간 자국들이 몇 개씩 무리 지어 깔끔하게 정돈돼 있는 게 보이지 뭐야. 마치 어떤 규칙을 따르고 있는 것처럼 말이야. 순간 온몸의 털이 곤두서면서 번뜩이는 생각이 떠올랐어.

"본즈, 이건 암호야."

"맞아, 바로 그거야. 자, 그럼 누가 새겨 놓은 걸까?"

본즈가 깊숙이 파인 자국을 가리키며 말을 이었어.

"발톱이 커다랗고 두꺼운 걸 보면 아마 큰 개일 거야."

이번엔 가느다란 자국들을 가리켰지.

"그런데 이 자국들은 다른 동물이 만든 거란 말이지. 처음엔 작은 개일지도 모른다고 생각했지만 저렇게 높이까지 발이 닿진 않을 거야. 반면에 고양이는 발톱이 가늘고, 몸을 아주 길게 늘일 수 있지. 따라서 이 암호를 비밀스레 주고받은 건 어떤 고양이와 큰 개야. 이제 우리는 이 암호가 무슨 뜻인지 알아내야 해."

나는 뭐라도 알아낼 수 있길 바라며 암호들을 뚫어져

라 노려봤지만, 아무런 실마리도 떠오르지 않았어. 반면
에 본즈는 수첩에 뭔가를 계속 적어 내려갔지.

"짧게 그은 자국들과 몇 개의 점들이라니… 이건 모
스 부호잖아? 우선 자음부터 나열해 봐야겠는걸. 음, 분
명히 뭔가를 주고받았다는 내용일 거야. 개가 남긴 암호
와 고양이가 남긴 암호의 자음을 적어 보니 이렇게 되
는 거 같은데."

본즈가 내게 수첩을 보여 주었어. 거기엔 'ㅇㄱㅅㅇ ㅁ
ㄴㅈ'와 'ㅋㅂㅇㄹ ㅅㄱㄷ'가 적혀 있었지.

"이제 모음들을 해석할 차례야. 분명히 개는 언젠가
만나자는 말을 적었을 거야. 고양이는 무언가를 주겠다
고 했을 테고. 자, 그럼 이제 이 자음과 모음에 받침들을
하나씩 붙여 보자고."

본즈는 이렇게 중얼거리면서 계속 고민했어. 그렇게
한참 동안 쓰고 지우기를 반복하더니 결국 암호를 풀어
냈지 뭐야.

본즈의 암호 풀이를 보고 암호의 내용을
알아맞혀 보세요. 각 글자는 '/'로 구분했답니다.

본즈가 암호 내용을 수첩에 쭉 써서 보여 주었어. '일곱 시에 만나자.'는 개의 암호에 고양이는 '캐비어를 주겠다.'라고 답한 내용이었지.

"대체 이게 무슨 뜻일까? 나는 도통 모르겠는걸. 본즈, 자네는 무슨 뜻인지 알아냈겠지?"

"아직. 하지만 이 수수께끼를 풀 방법은 알고 있지."

본즈는 오른쪽 두 번째 발톱을 나무에 깊숙이 찌르고는 큰 개의 발톱 자국을 흉내 내어 암호를 새겼어.

'여덟 시에 만나자.'

"그때쯤엔 어두워서 우리 모습이 잘 안 보일 거야. 고양이는 나를 자기가 그동안 만났던 개라고 착각하겠지. 분명히 뭔가 정보를 얻을 수 있을 거야."

우리는 탐정 사무소로 갔어. 각자 시간을 보내다 밤 8시 직전에 공원으로 다시 가 보니 나무에 고양이가 남긴 답이 있었지.

'여기로 오겠다. 캐비어를 가져오겠다.'

"누군지는 몰라도 곧 만나게 되겠군."

본즈가 조용히 속삭였어.

"캐비어라니, 고양이는 개에게 왜 비싼 식료품을 주는 걸까? 그리고 왜 비밀리에 만나는 거지?"

"나도 오후 내내 고민해 봤지만 뾰족한 답을 찾아내지 못했어. 그러니까 우리는 반드시 그 고양이를 만나야 해. 자네는 나무 뒤에 숨어 있어. 그럼 고양이가 도망치더라도 양쪽에서 막을 수 있을 거야."

이윽고 공원에 짙은 어둠이 내려앉았어. 산책로가 텅 비고 식당들도 문을 닫을 무렵, 비쩍 마른 고양이 한 마리가 우리 쪽으로 다가왔지. 고양이는 캐비어 캔을 들고 있었는데 가까이 다가오자 코를 찌르는 듯한 독특한 냄새가 났어. 마치 잉크 냄새 같기도 했지.

본즈가 모자를 들어 인사하자, 고양이가 말했어.

"이번에는 정말 좋은 걸 가져왔겠죠. 이 캐비어는 꽤 비싸거든요."

고양이는 '플러피 고급 식품점'에서 장을 봤어요.
아래 덧셈을 보고 각 식품의 값을 알아내 보세요.

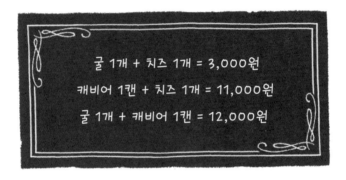

굴 1개 + 치즈 1개 = 3,000원

캐비어 1캔 + 치즈 1개 = 11,000원

굴 1개 + 캐비어 1캔 = 12,000원

굴 1개 = ?

치즈 1개 = ?

캐비어 1캔 = ?

본즈가 어둠 속에서 한 걸음 나오며 말했어.

"미안하지만 당신 친구는 오지 못했습니다. 이게 다 어떻게 된 일인지 설명해 주시겠습니까?"

고양이는 깜짝 놀라더니 잽싸게 돌아서서 왔던 방향으로 내달렸어. 나는 나무 뒤에서 달려 나와 고양이를 덮친 뒤 두 앞발로 꼬리를 잡아 바닥에 콱 눌렀어.

고양이는 날카롭게 야옹대며 나를 위협했어. 이빨 세 개가 없고 왼쪽 귀가 너덜너덜한 회색 얼룩무늬 고양이였지. 얼굴에 흉터가 있고, 눈은 초록색이었어. 분명 낯이 익었는데 누군지 떠오르지 않았지.

"이렇게 힘 뺄 것 없습니다. 그저 당신이 만나려던 개가 누구인지 알고 싶을 뿐입니다."

고양이는 캐비어 캔을 열더니 내게 휙 뿌렸어. 나는 캐비어를 피하려다가 고양이를 놓치고 말았지 뭐야.

"빨리 쫓아가자! 이러다 놓치겠어!"

본즈가 다급하게 소리쳤어.

나는 얼굴에 묻은 끈적한 캐비어를 핥아 냈어. 무척 맛있었지만 아쉽게도 맛을 즐길 시간이 없었지.

본즈가 어둠 속을 가리켰어.

"저쪽이야! 어서 가. 나도 따라갈 테니까."

나는 코에 묻은 캐비어를 혀로 마저 핥고는 땅바닥에 납작 몸을 수그렸어. 고양이의 잉크 냄새가 잔디밭을 따라 희미하게 이어졌지. 이윽고 놀라서 꽥꽥거리는 오리 소리가 들리더니 저 멀리 연못 건너에 시커먼 그림자가 보였어.

나는 연못을 돌아 잽싸게 달려갔어. 도중에 만난 너구리와 두꺼비 들에게 양해를 구하는 것도 잊지 않았지.

나는 회색 고양이를 따라 장미 덤불 속으로 뛰어들었어. 뾰족뾰족한 장미 가시가 옆구리를 마구 할퀴었지만 아픈 것도 느껴지지 않더군. 난 원래 사냥감을 노릴 땐 다른 건 신경 쓰지 않거든.

다시 평평한 잔디밭으로 빠져나와 보니 회색 고양이가 저 앞 담장을 기어오르고 있었어. 나는 고양이를 쫓아 단숨에 담장 위로 훌쩍 뛰어올랐지.

담장 너머에는 작은 정원들이 줄지어 있었어. 깔끔하게 정리된 잔디밭과 작은 연못 그리고 라벤더와 접시꽃 화분이 보였지. 나는 정원을 하나씩 들여다보며 아주 작은 움직임이라도 있는지 자세히 살폈어.

아래 단서를 보고 회색 고양이가 어떤 정원에 숨어 있는지 알아맞혀 보세요.

- 이 정원에는 연못이 있다.
- 이 정원에는 물뿌리개가 있다.
- 이 정원에는 꽃이 열 송이 넘게 피어 있다.

이윽고 정원에 놓인 요정 모양 석상 뒤에서 까딱까딱 움직이는 회색 꼬리를 발견했어.

나는 그쪽을 향해 급히 몸을 날렸어. 하지만 회색 고양이는 어느새 나무를 기어올라 지붕으로 도망쳤고, 나는 요정 석상을 넘어뜨리며 땅에 떨어지고 말았지.

회색 콧수염이 덥수룩한 오소리가 시끄러운 소리를 듣고 밖으로 나와 고래고래 소리쳤어.

"요정 도둑이다!"

나는 얼른 요정 석상을 다시 세워 놓으며 변명했어.

"죄송합니다. 그런데 저는 요정 석상을 훔치려는 게 아니라 아주 흉악한 도둑을 뒤쫓는 중입니다."

"아, 그런 거라면 어서 도둑을 잡으러 가시오!"

나는 다시 나무에 오른 뒤 지붕을 향해 몸을 던졌어. 발밑에서 기왓장이 달그락거렸지. 회색 고양이는 옆집 지붕에서 다른 지붕으로 폴짝폴짝 뛰어가다 결국 마지막 집에 다다랐어. 이제 더 이상 도망갈 곳이 없었지.

그런데 고양이가 나를 향해 비웃음을 날리더니 지붕 아래로 풀쩍 뛰어내리지 뭐야. 나는 지붕 끝으로 달려가 밑을 내려다봤어. 고양이는 빨랫줄에 매달린 채 아슬아슬하게 맞은편으로 건너가고 있었어. 이윽고 맞은편 지붕에 다다르자 씩 웃으며 발톱으로 빨랫줄을 끊고는 유유히 그 자리를 떠나 버렸지.

때마침 더러운 빨랫감을 산처럼 가득 실은 세탁소 트럭이 도로를 지나가고 있었어. 그 위로 뛰어내리면 기분은 끔찍하겠지만 적어도 푹신할 것 같았지.

나는 숨을 한껏 들이마시고는 트럭으로 훌쩍 뛰어내렸어. 냄새가 어찌나 고약하던지 잠시 내가 누구이고 지금 뭘 하고 있는지 생각이 안 나지 뭐야.

여우원숭이가 운전석에서 머리를 내밀며 소리쳤어.

"이봐요! 거기서 뭐 해요? 타고 가는 건 상관없지만 코에 이상이 생겨도 난 책임 못 져요."

순간 지붕 위로 달리는 회색 고양이가 보였어.

"여우원숭이 님, 저 고양이를 쫓아가 주세요!"

"경로를 바꿀 순 없어요. 39번지에 사는 스컹크네 집에 아직 들르지 않았거든요. 도착하기 전에 내리는 게 좋을 거예요. 스컹크는 정말 냄새가 지독하니까."

어느새 길모퉁이가 가까워지고 있었어. 방향을 꺾지 않으면 회색 고양이를 놓칠 게 분명했지.

"여우원숭이 님, 도와주세요. 실은 제가 지금 여왕님의 비밀 임무를 수행하고 있거든요."

"오, 그렇군요! 진작 말씀하시죠. 저는 여왕님을 정말 좋아해요. 여왕님은 앞발을 참 우아하게 흔드시죠."

여우원숭이가 운전대를 꺾고 속도를 높인 덕분에 점점 회색 고양이와 가까워졌어. 그새 고양이는 지붕에서 내려와 슬그머니 골목으로 들어가고 있었지.

"여우원숭이 님, 태워 주셔서 고맙습니다. 혹시 사냥모자를 쓰고 돋보기를 든 개를 보면 제가 어디로 갔는지 알려 주세요."

나는 트럭에서 뛰어내려 살금살금 골목으로 들어갔어. 그곳은 높은 담으로 둘러싸인 막다른 골목이었지. 이제 더 이상 고양이가 도망칠 곳은 없었어.

골목 안은 너무 어두워서 곳곳에 쌓여 있는 상자 더미의 윤곽만 겨우 알아볼 수 있을 정도였어.

그때 어둠 속에서 초록색 눈이 번쩍였어.

"이봐, 누구와 암호를 주고받은 거지?"

내가 그 눈을 향해 물었지만 아무런 대답이 없었어.

순간 오른쪽에서 또 다른 초록색 눈이 나타났어. 그리고 왼쪽에서도. 그제야 지저분한 고양이 십여 마리의 시큼한 냄새가 콧속으로 훅 들어왔지.

마침 자동차 한 대가 지나가면서 골목 안을 번쩍 비췄어. 그러자 물린 자국과 흉터로 가득한 비쩍 마른 회색 고양이들이 나를 둘러싸고 있는 모습이 보이지 뭐야! 모두 내가 쫓던 고양이와 비슷한 생김새였어. 그래서 그 녀석을 찾아내는 데 시간이 좀 걸렸지.

도망친 회색 고양이가 거슬리는 목소리로 낮게 야옹거렸어.

"저 녀석을 잡아. 그러면 모두에게 상금을 주겠다."

다른 회색 고양이들이 귀를 뒤로 젖히고 꼬리를 곤두세운 채 그르렁거리며 내게 다가왔어. 누런 이빨과 찢어진 잇몸을 드러내며 씩 웃는 녀석들도 있었지.

"모두 물러서요. 저는 싸우러 온 게 아닙니다."

하지만 회색 고양이들은 거침없이 내게 달려들었어. 뾰족한 발톱들이 살을 마구 파고드는 것이 느껴졌지.

나는 앞에서 달려드는 고양이들을 오른쪽 앞발로 날리고 뒤에서 덮치는 고양이들을 뒷발로 차 버렸어. 그런 다음 공중제비를 두 바퀴 넘어 도망친 회색 고양이가 서 있는 상자 위로 올라갔지. 다른 고양이들이 날카롭게 야옹거리며 내 뒤로 몰려들었어.

"이봐, 다들 돌려보내. 이럴수록 당신만 더 곤란해져."

"너만 사라져 버리면 내가 곤란해질 일은 없겠지."

회색 고양이가 나를 으르는 순간 골목 끝에서 사냥모자를 쓴 익숙한 그림자가 나타났어.

"본즈! 여기야."

셜록 본즈가 등불을 들고 골목으로 뛰어 들어왔어.

골목 안에는 모두 몇 개의 상자가 있을까요?
보이는 상자뿐 아니라 보이지 않는 상자들까지
모두 세어 보세요.

"캣슨, 여기 있었군! 여우원숭이가 자네가 이 근처에 있을 거라고 알려 줬지."

본즈가 등불을 들어 불빛을 비추자 회색 고양이들은 그림자가 사라지듯 모두 서둘러 달아났어.

뒤쫓던 회색 고양이도 도망치려고 했지만 내가 얼른 상자 쪽으로 힘껏 떠밀어 수갑을 채웠어.

본즈가 등불로 고양이의 얼굴을 비췄어. 코에는 할퀸 상처가 있었고 수염도 몇 개 뽑힌 모습이었지.

"당신은 누구죠? 만나려던 개는 누구고?"

본즈의 질문에 회색 고양이가 식식대며 대답했어.

"변호사 없이는 아무 얘기도 안 할 거요."

나는 잔뜩 찡그린 회색 고양이의 얼굴을 자세히 봤어. 분명 낯이 익었거든. 혹시 범죄를 저질러서 우리한테 잡혔던 적이 있었나? 그때 불현듯 기억이 나지 뭐야!

"당신은 애슐리 슬로퍼로군. <쿵쿵일보>의 왕실 담당 기자. 왕실 소식에 함께 실린 당신 사진을 봤어."

"무슨 말인지 도통 모르겠는데."

"캣슨, 정말 훌륭해! 그 신문을 즐겨 읽길 잘했군."

결국 회색 고양이가 고개를 푹 숙였어.

"그래, 좋아. 그렇다면 이제 어떻게 할 셈이지? 내가 무슨 잘못을 했다는 증거도 없잖아."

"당연히 있죠. 우리는 당신이 나무에 암호를 남기고, 궁전 밖에서 누군가에게 뇌물을 주었다는 사실을 알고 있으니까요. 공원을 가로질러 재빨리 달아날 수 있다는 것도 알고 있죠. 여왕님의 왕관을 훔쳤을 때도 그 길로 도망쳤을 텐데요."

본즈의 말에 애슐리는 온몸을 파르르 떨며 눈을 부릅떴어.

"왕관이라니? 난 모르는 일이야."

"그렇다면 당신이 캐비어를 주고 맞교환한 값비싼 물건이 무엇인지 말해 주겠습니까?"

애슐리가 한숨을 푹 내쉬자 지독한 입냄새가 났어.

"난 물건을 교환한 게 아니라 정보를 얻은 거라고. 집사장인 젠킨스가 내게 왕실 이야기를 독점적으로 전해 주면, 나는 그 대가로 고급 식료품을 준 것뿐이야. 그 집사장은 여왕이 남긴 음식을 먹다 보니 입맛이 고급스러워져 값싼 음식을 먹을 수 없게 되었거든."

갑자기 여왕님이 가엾게 느껴졌어. 가장 믿었던 신하에게 배신을 당하다니.

"하지만 난 그냥 열심히 일한 것뿐이야. 고작 이런 일로 날 체포할 수는 없어."

"아니, 체포할 수 있습니다. 당신은 왕관 도난 사건의 유력한 용의자니까. 당장 경찰서로 갑시다."

본즈와 나는 애슐리를 곧바로 경찰서에 데려갔어. 블러드하운드 경감은 책상에 앉아 보고서를 쓰고 신입 경찰들은 꽃병을 넘어뜨리며 놀고 있었지.

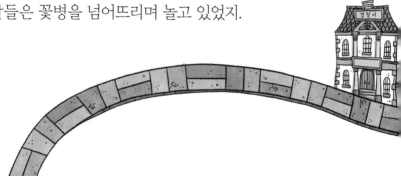

강아지 신입 경찰들은 잠시도 얌전히 있질 않아요!
각각의 그림에서 보이지 않는 강아지를 찾아보세요.

베베

베시

바바

비비

벤지

가

나

다

라

경감이 우리를 보더니 벌떡 일어났어.

"이 고양이 용의자를 좀 맡아 주게. 난 급히 궁전에 다녀와야 할 일이 생겨서 말이야. 곧 돌아오겠네."

본즈가 애슐리를 경감에게 넘기며 말했어. 신입 경찰들이 달려와 애슐리를 둘러싸고 컹컹 짖어 댔지.

"여왕님께 도둑의 정체를 밝히러 가는 건가? 그런 거라면 나도 같이 가겠네."

"그게 아니라 실은 다른 용의자를 데리러 가는 걸세."

블러드하운드 경감이 헉하고 숨을 삼켰어.

"용의자가 궁전 내부에 있다니 믿을 수가 없군."

잠시 뒤 본즈와 나는 불이 꺼져 온통 캄캄한 궁전에 도착했어. 본즈가 벨을 울리자 잠옷 차림의 젠킨스가 우리를 맞으러 나왔지.

"위급한 상황이 아니면 내일 아침에 다시 오십시오."

"위급한 상황입니다."

본즈가 젠킨스를 붙들자 내가 수갑을 채웠어.

"거기 누구 없나! 괴한들이 침입했다."

젠킨스가 소리를 지르자, 퍼킨스가 계단을 달려 내려와 우리를 향해 짖었어. 퍼킨스도 젠킨스와 마찬가지로 잠옷을 입고 있었지.

"퍼킨스, 유감스럽게도 젠킨스를 경찰서에 데려가야겠습니다. 그동안 당신이 집사장 역할을 대신해 주어야겠네요."

"경찰서라고요? 대체 왜 이러는 겁니까?"

젠킨스가 수갑에서 벗어나려고 낑낑대며 소리쳤어.

"애슐리 슬로퍼라는 이름을 대면 알아듣겠습니까?"

젠킨스는 내 말을 듣는 순간 고개를 푹 수그리더니 낮게 신음을 내뱉었어.

"이런! 애슐리가 다 말해 버린 겁니까? 이제 새 직장을 알아봐야겠군요."

본즈가 젠킨스의 수갑을 잡아 밖으로 데려갔어.

"여왕님의 왕관과 보석들을 훔친 죄까지 밝혀지면 새

직장은 교도소 세탁실이 될 겁니다."

젠킨스는 내 말을 듣고 갑자기 걸음을 멈추었어. 그 바람에 본즈가 뒤로 넘어질 뻔했지.

"어떻게 제가 그런 짓을 감히 저질렀을 거라고 생각하는 겁니까! 제가 무슨 잘못을 했든, 여왕님의 소중한 재산에는 절대 손대지 않았다고요!"

젠킨스가 울부짖었어. 눈가의 검은 얼룩 위로 눈물이 주룩주룩 흘러내렸지.

본즈는 아랑곳하지 않고 말했어.

"용의자는 모두 네 명입니다. 이 가운데 누구도 자기가 도둑이라고 자백하지 않았죠. 이제 경찰서로 가서 누가 거짓말을 하고 있는지 알아내 봅시다."

우리는 마지막 용의자를 데리고 경찰서에 도착했어.
블러드하운드 경감이 놀란 얼굴로 외쳤지.

"젠킨스! 설마 아니겠지. 자네는 항상 믿음직스러운
집사장이 아니었나."

"경감님, 저는 맹세코 여왕님의 물건을 절대 훔치지
않았습니다. 딱 한 가지 잘못한 게 있다면 그저 교활한
신문 기자와 가깝게 지낸 것뿐입니다."

"왕실의 비밀을 팔아넘기기도 했죠."

내가 괘씸해서 한마디 덧붙였지.

우리는 다같이 경찰서 깊숙이 있는 문으로 갔어. 문
너머로 길게 이어진 먼지투성이 복도가 보였지. 작은 조
명이 벽돌이 드러난 복도를 비추고 있더군.

복도 끝에는 감방이 네 개 있었어. 애슐리가 두 번째
방 안에서 서성이고 있었지.

그 옆방에는 몰리가 있었어. 몰리는 벽에 매달린 좁고 딱딱한 침상에 누워서 엉엉 울고 있었지.

토비는 몰리 옆방이었는데, 구석 바닥에서 무릎을 꿇은 채 굴을 파며 탈출구를 만들고 있었어. 지금껏 파낸 흙은 고작 한 줌 정도였지만 말이야.

경감은 비어 있는 감방 안으로 젠킨스를 밀어 넣었어.

"여기가 자네 방일세. 궁전은 아니지만, 자네가 지내기에 과분한 곳이지."

경감은 감방 문을 잠그고 복도 가운데에 서서 용의자들을 하나하나 바라보며 말했어.

"이거 정말 곤란하군. 모두 나쁜 짓을 했다고 자백했지만 정작 큰 사건은 자기가 한 게 아니라고 하니."

"흠, 정말 어렵지만 흥미로운 수수께끼지."

본즈가 고개를 끄덕이며 중얼거렸어. 말은 그렇게 해도 어쩐지 조금 재밌어하는 것 같았지.

본즈는 차례대로 용의자를 만나며 사건이 있던 날 밤에 정확히 무엇을 했는지 물었어. 경감은 모든 진술을 수첩에 빠짐없이 받아 적었지.

몰리의 진술

사건이 일어났던 날 밤, 변장을 하고 134번지에 사는 겁쟁이 개한테서 회중시계를 훔쳤어요. 하이츠 주택가의 언덕을 내려간 뒤 강과 궁전을 지나 코기 카페에 가서 시계를 팔았지요. 그러고 나서는 바로 집으로 돌아왔고요.

그땐 알아채지 못했는데 궁전 앞뜰에 있던 웅덩이를 밟았나 보네요. 그래서 우리 집까지 내 발자국이 이어졌고, 당신들은 그걸 따라온 거죠. 하지만 나는 왕관을 훔치지 않았어요. 당신들이 다음 날 우리 집에 오기 전까진 무슨 일이 일어났는지도 몰랐다고요.

토비의 진술

그날 밤 가게 문을 닫고 벽장을 통해서 지하
땅굴로 들어갔어요. 그리고 땅굴과 이어진
여관 뒷마당에서 스웨덴 토끼를 만나 배로
실려 온 당근을 넘겨받았고요. 당근 상자가
어마어마하게 많은 바람에 몇 번에 나눠서
땅굴로 끌고 갔지요. 조금만 더 조심했더라면
오지랖 넓은 이웃 주민들에게 덜컹대는 소리를
들키지 않았을 거예요. 이런 어처구니없는 일에
휘말리지도 않았을 테죠.

당근세를 내지 않으려고 했던 건 인정합니다.
하지만 일곱이나 되는 아이들을 굶기지 않으려고
그런 것뿐인데, 이렇게 잡혀 와 갇힐 일인가요?
그리고 무엇보다 저는 왕관과 보석들 근처에는
가 본 적도 없어요. 더구나 훔칠 생각은 아예
하지도 못했고요.

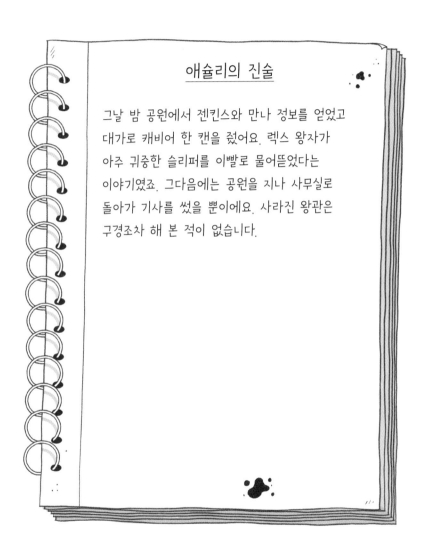

애슐리의 진술

그날 밤 공원에서 젠킨스와 만나 정보를 얻었고 대가로 캐비어 한 캔을 줬어요. 렉스 왕자가 아주 귀중한 슬리퍼를 이빨로 물어뜯었다는 이야기였죠. 그다음에는 공원을 지나 사무실로 돌아가 기사를 썼을 뿐이에요. 사라진 왕관은 구경조차 해 본 적이 없습니다.

젠킨스의 진술

그날 밤 여왕님께 저녁 식사로 비스킷에 메추리알 프라이를 두 개 얹어 드린 다음 하인들에게 현관홀을 청소하도록 지시했습니다. 그리고 잠시 빠져나와 애슐리에게 렉스 왕자님에 대한 정보를 넘겨줬습니다. 신문 기사로 유용한 이야기였죠. 대가로 받은 캐비어는 궁전으로 돌아와 제 방에 숨겼습니다. 다음엔 여왕님의 잠자리를 살펴 드렸지요. 그때까지 왕관과 보석들은 모두 여왕님의 보라색 쿠션에 그대로 놓여 있었습니다. 도둑이 들었다는 사실을 알게 된 건 다음 날 여왕님의 비명소리에 잠이 깨고 나서였죠.

본즈는 조용히 진술서를 읽어 내려갔어.

젠킨스는 감방의 창살을 붙잡고 조용히 흐느꼈어. 애슐리는 감방 안쪽에 숨어 있었고, 몰리는 이마에 앞발을 얹은 채 침상에 누워 있었지. 토비는 뒷짐을 진 채 창살 뒤에 서 있었어.

마침내 본즈가 입을 열었어.

"진술서를 보니, 누가 도둑인지 명확해지는군."

그러고선 수첩을 내게 내밀었지.

"자네도 한번 읽어 봐."

나는 모든 진술을 다시 한번 쭉 읽어 봤어. 하지만 여전히 누가 도둑인지 가늠조차 되지 않았지.

본즈가 이번에는 경감에게 물었어.

"경감은 누가 도둑인지 알겠나?"

"음…, 나도 잘 모르겠는데."

본즈가 벌떡 일어나 도둑이 있는 감방을 가리켰어.

"도둑은 바로 저기 있네."

본즈가 가리킨 곳은 바로 토비의 감방이었어. 토비는 잔뜩 찡그린 얼굴을 창살 사이로 내밀며 말했어.

"무슨 말인지 도통 모르겠군요. 도둑이라고 의심할 만한 얘기를 한 적이 없는데요."

"흠, 그럴 리가. 분명 얘기했습니다."

본즈는 뒷짐을 지고 왔다 갔다 하며 대답했어.

"나는 당신을 비롯한 모든 용의자들에게 왕관이 없어졌다고만 말했지, 보석들까지 사라졌다는 얘기는 하지 않았습니다. 계획된 함정이었죠."

나는 본즈의 재치에 감탄이 절로 나왔어.

"몰리와 애슐리는 나에게 들은 대로 왕관에 대해서만 이야기했습니다. 물론 젠킨스는 보석들까지 모두 도둑맞은 걸 알고 있었기 때문에 보석 얘기를 한 거죠."

본즈는 고개를 돌려 토비와 눈을 맞췄어.

"하지만 당신은 '왕관과 보석들'이라고 똑똑히 말하더 군요. 내가 말한 건 왕관뿐이었는데 말이죠."

나는 토비의 진술서를 다시 읽어 보았어. 정말 본즈의 말대로였지.

"당신은 왕관과 보석들이 모두 사라졌다는 걸 어떻 게 알았을까요? 그건 바로, 당신이 도둑이기 때문이죠."

토비가 창살에서 한 발 물러나 몸을 웅크렸어.

"그래서? 그게 뭐 어쨌다는 거죠? 여관 뒷마당에서 땅굴로 당근을 옮긴 뒤에 얼핏 궁전을 보니 창문 하나 가 열려 있더군요. 마침 경비견은 곯아떨어져 있었고 잘 하면 몰래 들어갈 수 있겠다 싶었죠. 처음엔 뭘 훔칠 생 각이 아니었어요. 하지만 순간 토끼들이 당근세 때문에 얼마나 힘들어졌는지 떠오르더군요. 다들 우리 것을 도 둑질해 가는데 우리라고 못 할 게 뭐 있나요?"

"자, 이제 보석들이 어디 있는지 털어놓지 그래."

나는 경감의 말을 듣는 순간, 괴물을 피해 땅굴 자루

속에 숨었던 기억이 떠올랐어. 그때 어쩐지 낯설고 울퉁불퉁한 게 느껴졌었거든. 그저 당근이라고 생각했는데 실은 왕관과 보석들이었던 거야!

"본즈! 보석들이 어디 있는지 알 것 같은데. 땅굴 속 두 번째 저장실이야."

본즈가 혼란스러운 표정으로 나를 쳐다봤어.

"그걸 알고 있었으면서 왜 이제야 얘기하는 거야?"

"방금 깨달았거든. 그때는 하수도 괴물에게 쫓기느라 정신을 똑바로 차릴 수 없었으니까."

경감은 어이없다는 표정으로 한숨을 푹 쉬었지.

"캣슨 박사, 괴물 얘기는 이제 그만하지 그래. 지금은 아주 심각한 상황이라고."

"경감, 캣슨 말이 맞네. 땅굴에 분명 뭔가가 있었어."

본즈까지 맞장구를 쳤지만 경감은 고개를 절레절레 저으며 말했어.

"어둠 속에서는 원래 착각이 잘 들기 마련이지. 이번

엔 등불을 들고 갈 테니 땅굴에 괴물 따윈 없다는 걸 눈으로 직접 확인하게 될 걸세. 자, 출발하지."

그때 토비가 작은 목소리로 중얼거렸어.

"사실인데. 땅굴 안엔 진짜 괴물 같은 게 있다고. 근처 하수도를 뚫고 들어온 게 틀림없어. 나라면 땅굴 근처에도 가지 않을 거야."

우리는 심술궂게 웃는 토끼를 무시하고 경감을 따라 출발했어. 하지만 앞발이 덜덜 떨리는 건 어쩔 수 없었지. 누가 뭐래도 땅굴엔 분명히 괴물이 있었거든. 그리고 우린 지금 놈의 소굴 한가운데로 향하고 있었어.

왕관과 보석들이 숨겨져 있는 저장실을 찾아보세요.
장애물이 나타날 때마다 지시문에 따라 움직이다가
마지막에 도착하는 저장실이 정답이랍니다.

화석이 나타나면 동쪽으로 가세요.

지렁이가 나타나면 서쪽으로 가세요.

종유석이 나타나면 남쪽으로 가세요.

바위가 나타나면 북쪽으로 가세요.

출발

"이 신참들도 같이 가는 건 아니겠지?"

나는 등불을 들고 있는 신입 경찰들을 보며 걱정스러운 목소리로 물었어.

"당연히 같이 가야지. 신입 경찰들에게 아주 좋은 경험이 될 테니까."

우리는 등불을 하나씩 들고 토비의 가게에 도착했어. 본즈가 벽장문을 열며 모두에게 말했지.

"굳이 원한다면 우리를 따라와도 돼. 하지만 이 안에 끔찍한 괴물이 도사리고 있다는 걸 잊지 말게."

본즈가 땅굴로 통하는 문을 열자마자 신입 경찰들이 시끄럽게 짖어 대며 우르르 달려 들어갔어. 방금 한 얘기는 전혀 귀담아듣지 않은 눈치였지. 본즈와 내가 그 뒤를 따라 들어가자 경감이 마지막으로 들어왔어.

불빛 덕분에 이번에는 땅굴 안을 제대로 볼 수 있었어. 양옆 벽에는 긁힌 자국들이 크게 나 있었지. 그 괴물의 짓이 틀림없었어. 첫 번째 저장실에 도착하니 어마어마하게 쌓아 둔 당근 더미가 보였어.

"토비가 스웨덴 선박에서 빼돌린 당근들이야. 여기서 200미터쯤 떨어져 있는 다른 저장실에 왕관과 보석들이 담긴 자루가 있어. 아주 조심해서 살금살금 접근해야 해. 괴물을 자극하지 않도록 말이야."

그런데 신입 경찰들은 내 말을 들은 체 만 체 땅굴 안을 신나게 내달리며 있는 힘껏 짖어 대지 뭐야.

"경감, 저 신입들 좀 불러 세워! 저러다 큰일 난다고."

"그냥 즐기게 놔두게. 이런 기회는 흔치 않거든."

우린 할 수 없이 천천히 앞으로 나아갔고, 신입 경찰들은 여전히 이리저리 뛰어다녔어.

곧 두 번째 저장실이 나타났어. 나는 단번에 숨어 있던 자루를 알아보았지. 가운데에 불룩 튀어나온 모양을 보니 자루 안에 왕관이 담겨 있는 게 틀림없었어.

나는 자루를 열고 불빛을 비춰 왕관과 보석들을 확인했어. 다행히 모두 흠집 하나 없이 깨끗했지.

가
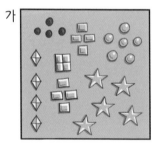

나
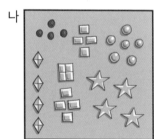

다
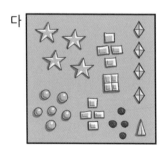

라
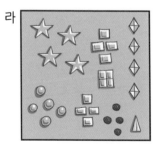

"좋았어. 드디어 찾았군."

경감은 꼬리를 마구 흔들어 대며 자루를 집어 들었어.

그때 저 멀리서 무시무시한 괴성이 메아리쳤어.

경감은 꼬리를 딱 멈추더니 툭 떨구었어. 그러고는 눈을 휘둥그레 뜨고 나를 바라봤지.

"설마…, 설마 자네가 말했던 그건가?"

나는 통로로 나가 등불을 높이 들어 올렸어. 저 멀리에 뭔가가 보였어. 땅굴이 위쪽으로 구부러진 곳에 우리가 봤던 바로 그 초록빛이 있었어.

괴물이 다시 나타난 거야.

경감이 온몸을 덜덜 떠는 바람에 들고 있는 등불이 마구 흔들리며 불빛을 마구잡이로 비추었어.

　"하수도 괴물이야. 모두 나가야 해! 뛰어!"

　신입 경찰들은 어쩐 일인지 경감의 명령을 충실하게 따랐어. 그런데 어이없게도 반대 방향으로 뛰어가는 바람에 괴물을 향해 곧장 달려 나가고 말았지 뭐야.

　"어서 돌아와! 그쪽은 위험하다고!"

　경감이 있는 힘껏 소리쳤지만 신입 경찰들은 말을 듣지 않았어. 그리고 괴물은 점점 빠르게 다가왔지.

　"화가 나지만 신입 경찰들을 두고 갈 순 없어."

　본즈의 말에 우리는 애써 앞으로 나아갔어.

　괴물은 쿵쿵 발소리를 내며 또 한 번 울부짖었어. 놀랍게도 강아지들은 전혀 겁먹지 않고 마치 삑삑 소리 나는 장난감을 쫓는 것처럼 괴물을 향해 달렸어.

"베베, 베시, 바바, 비비, 벤지! 거기 서!"

경감이 외쳤지만 신입 경찰들은 신경조차 쓰지 않았지. 결국 번뜩거리는 초록빛과 조그만 불빛 다섯 개가 서로를 향해 달려들었어. 신입 경찰들의 그림자가 괴물의 몸을 마구 기어오르는 모습이 보였지.

괴물이 또 한 번 괴성을 질렀어. 그런데 이번에는 좀 다르게 들렸어. 꼭 웃음소리 같았거든.

우리는 재빨리 달려가 괴물에게 불빛을 비추었어. 짧게 튀어나온 주둥이와 검은 코 그리고 작은 눈과 둥근 귀가 보였지.

본즈가 괴물 옆에 무릎을 꿇으며 소리쳤어.

"세상에! 괴물이 아니라 아기 곰이었어."

놀랍게도 귀여운 아기 곰이 바닥에 누워 깔깔 웃어대고 있지 뭐야.

경감이 아기 곰에게 물었어.

"여긴 어떻게 들어온 거니?"

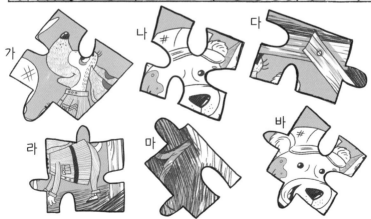

아기 곰은 계속 까르륵거리기만 했어. 이제 신입 경찰들 몸에도 초록빛이 묻어 있었어. 토비가 아기 곰을 가둬 놓고 야광 페인트를 발라 둔 게 틀림없었어. 하수도에 괴물이 있다는 소문을 내려고 말이야. 땅굴 벽의 초록색 자국도 이 페인트 때문이었지.

"아직 어려서 말을 못 하는 것 같아. 정말 아기로군."

본즈가 아기 곰에게 앞발을 내밀며 말했어.

"우리랑 같이 가자. 여기서 나가도록 도와줄게."

그러자 아기 곰이 본즈의 앞발을 잡고 일어났어.

경감은 경찰서에 도착하자, 아기 곰의 몸에 묻은 초록색 페인트를 수건으로 닦아 주었어. 신입 경찰들은 기분이 좋아 왕왕 짖어 대며 빙글빙글 돌았지.

아기 곰이 칭얼거리자 베시가 과자를 가져다주었어.
아기 곰은 신이 나 우적우적 과자를 씹어 먹었지.

"가엾게도 며칠 동안 당근만 먹었나 보군."

경감이 안쓰럽다는 듯이 말했어.

그때 커다란 황금색 자동차가 경찰서 앞에 멈춰 섰어.

"여왕님께서 오셨다! 벤지, 뼈다귀 두고 이리 와."

가장 몸집 작은 신입 경찰이 고무 뼈다귀를 급히 뱉어 내고는 경감과 동료들 옆으로 나란히 섰어. 본즈와 나는 맨 끝에 섰지.

경찰서 문이 활짝 열리고 퍼킨스가 들어왔어. 퍼킨스는 보라색 쿠션과 나무 상자를 들고 있었어.

"여왕 폐하 납시오!"

이윽고 머리에 은 왕관을 쓴 여왕님이 느릿느릿 들어왔어. 기다란 검정 드레스를 질질 끌면서 말이야. 덕분에 경찰서 바닥이 반질반질 깨끗해졌지.

"경감, 여기에 사라진 내 물건이 있다고 들었소."

경감은 퍼킨스가 들고 있는 보라색 쿠션 위에 왕관과 반지 그리고 목걸이를 올려놓았어. 여왕님은 눈물을 글썽이며 반지를 끼고 목걸이를 둘렀어. 그리고 은 왕관을 벗어 퍼킨스에게 건네고는 황금 왕관을 썼지.

여왕님은 아주 잠깐이나마 축 늘어진 입 양 끝을 끌어 올리며 웃어 보였어.

"여러분의 용기를 치하하기 위해 가져온 게 있소."

여왕님이 한 걸음 앞으로 나서니 퍼킨스가 들고 있던 나무 상자를 열었어. 상자 안에는 경감과 본즈 그리고 나를 위한 커다란 금빛 훈장 세 개와 신입 경찰들을 위한 작은 금빛 훈장 다섯 개가 들어 있었지. 여왕님은 훈장들을 꺼내 일일이 직접 가슴에 달아 주었어.

아래의 단서를 보고
신입 경찰들이 훈장 받은 순서를 알아맞혀 보세요.

· 베베는 바바보다 먼저 받았고, 비비 바로 다음에 받았어요.
· 벤지는 바바보다 나중에, 베시보다는 먼저 받았어요.

베베

바바

베시

비비

벤지

"다시는 궁전에 발을 들이지 말라고 젠킨스에게 경고 해 주시오. 하지만 젠킨스와 그 못된 고양이 기자를 고 소하진 않겠소."

여왕님이 자리를 뜨려고 몸을 돌리자, 퍼킨스가 재빨 리 달려가 문을 열었어. 우리는 모두 따라 나가 여왕님 의 차가 떠나는 모습을 지켜보았지.

"이제 다른 용의자들은 풀어 줘야겠군."

경감은 이렇게 말하더니 본즈와 나를 데리고 먼지투 성이 복도를 지나 감방으로 갔어.

경감은 가장 먼저 애슐리를 풀어 주었어.

"다시는 문제를 일으키지 않길 바라네."

"경감님도 우리 신문에 나는 일이 없길 바랍니다."

애슐리는 양 앞발을 주머니에 쑥 집어넣은 채 어슬렁 어슬렁 사라졌어.

경감이 다음엔 젠킨스의 감방으로 가서 문을 열었지.

"그만 가도 좋네. 여왕님께서 자네의
죄를 문제 삼지 않겠다고 하셨네."

"오, 감사합니다. 다시는 이런 일 없을 겁니다."

젠킨스는 앞발로 눈가를 꾹꾹 누르며 복도로 나갔어.

"크흠."

몰리가 옆 감방에서 헛기침을 했어.

"저도 풀어 주실 거죠?"

경감이 몰리 쪽으로 걸어가며 말했어.

"물론이오. 그리고 나와 함께 바로 하이츠 주택가로
가서 당신이 도둑질한 집들을 모두 방문합시다. 손해를
물어 주려면 티아라를 꽤 많이 팔아야 할 거요."

"뭐라고요? 내 소중한 티아라들을 팔 순 없어요!"

"그 정도로 처벌이 끝나는 걸 다행으로 아시오. 여기
토끼 사장처럼 감옥에 갈 수도 있었으니까."

경감이 단호하게 말하며 몰리를 데리고 나갔어. 몰리
의 울음소리가 복도에 울려 퍼졌지.

이제 남은 건 토비뿐이었어. 토비는 감방의 창살을 붙들고 우리를 노려보았지.

"여기에 익숙해져야 할 거야. 오랜 시간 그 창살 안에서 지내야 할 테니까."

내가 창살을 탁탁 두드리며 말했어.

"아쉽게도 괴물한테 잡히진 않았나 보군."

"영리하게도 가엾은 아기 곰을 괴물로 변장시켜서 아무도 보석 주변에 못 오게 했더군요. 그런데 아기 곰은 어디서 데려왔죠? 또 몰래 빼돌린 겁니까?"

본즈가 토비의 눈을 똑바로 쳐다보며 물었어.

"그건 내가 한 짓이 아니에요. 보석을 사겠다는 자가 다음 주나 돼야 올 수 있다고 하면서 아기 곰을 땅굴에 데려다 놨어요. 그 사이에 누군가 침입하면 겁을 줘서 쫓아 버려야 한다면서요."

본즈가 몸을 앞으로 쭉 내밀었어. 어찌나 가까이 다가갔는지 코가 창살 사이로 들어갈 정도였지.

"그게 누굽니까? 이름을 압니까?"

"기다란 검은색 외투를 입고 실크해트를 쓴 쥐였어요. 무시무시할 정도로 이빨이 날카롭더군요. 이름이 아마 모리쥐티 교수였을 겁니다."

본즈는 그 이름을 듣자마자 크게 충격을 받은 듯 비틀비틀 뒷걸음질 쳤어. 그러더니 벽에 기댄 채 가슴을 쥐어뜯으며 울부짖었지.

"안 돼!"

"흐흐, 아는 사이인가 보죠?"

토비가 비열하게 웃으며 이죽거렸어.

나도 온몸의 털이 곤두서긴 마찬가지였어. 모리쥐티는 본즈와 내가 만난 범죄자 가운데 가장 악독한 자였거든. 게다가 일 년 동안 어떤 소식조차 없다가 이렇게 다시 나타난 거야.

"모리쥐티는 어디 있지?"

본즈가 버럭 소리쳤어.

"어디에 사는지는 알려 주지 않았어요. 보석을 가져갈 준비가 됐을 때 다시 오겠다고만 했죠."

우리는 탐정 사무소로 돌아왔어. 나는 벽난로에 불을 지핀 뒤 안락의자에 기대어 앉아 하품을 했지. 하지만 본즈는 내내 뒷짐을 지고 서성이며 으르렁거렸어.

"본즈, 기운 내. 어쨌든 사건을 해결했잖아."

"하지만 모리쥐티를 놓쳤어. 놈을 이대로 두면 앞으로 수많은 범죄를 끊임없이 저지를 거야."

본즈는 창가에 서서 어두워진 거리를 내려다보며 중얼거렸어.

"그 사악한 쥐가 도시 어딘가에 숨어서 악독한 범죄를 꾸미고 있다니! 상상만으로도 몸서리가 쳐지는군."

정 답

여러분, 함께 사건을
해결해 줘서 고마워.

8-9쪽

낱말 만들기의 정답은 '당근'입니다.

따라서 캣슨의 관심을 끈 기사는 '통째로 부두에서 증발하다.'입니다.

12쪽

16쪽

21쪽

24쪽

28쪽

33쪽

가 → 바 → 라 → 아 → 다 → 마 → 나 → 사

38-39쪽

가 - 3   나 - 1   다 - 5
라 - 2   마 - 4

44쪽

타, 자, 마, 카, 라, 사, 가, 아, 다, 나, 차, 바

48쪽

52쪽

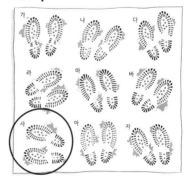

56-57쪽

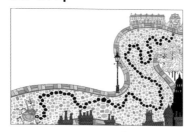

70쪽

74쪽

가게 밖에 놓인 바구니는 토비가 들고 있는 것까지 포함하여 모두 11개입니다. 따라서 바구니를 모두 배달하는 데는 110분(1시간 50분)이 걸립니다.

65쪽

자석 300원   수건 900원
컵 600원   접시 900원

78쪽

가 파이: 개미 4마리(1×4), 애벌레 2마리(2×2), 쥐며느리 1마리(3×1), 딱정벌레 2마리(5×2), 지네 1마리 (6×1), 민달팽이 1마리(7×1). 총점 34점.

나 파이: 개미 1마리(1×1), 쥐며느리 1마리(3×1), 집게벌레 2마리(4×2), 딱정벌레 3마리(5×3), 지네 1마리(6×1), 민달팽이 1마리(7×1). 총점 40점.

다 파이: 애벌레 1마리(2×1), 쥐며느리 3마리(3×3), 집게벌레 1마리(4×1), 딱정벌레 2마리(5×2), 지네 2마리 (6×2). 총점 37점.

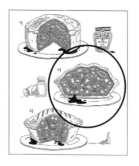

80쪽

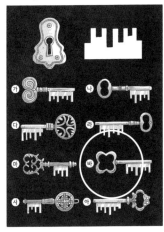

85쪽

18개

88쪽

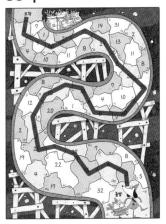

92쪽

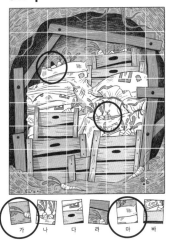

95쪽

102쪽

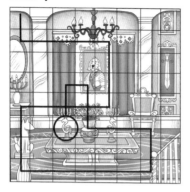

112-113쪽

일곱 시에 만나자.
캐비어를 주겠다.

116쪽

굴 2,000원
치즈 1,000원
캐비어 10,000원

106쪽

젠킨스

퍼킨스

120-121쪽

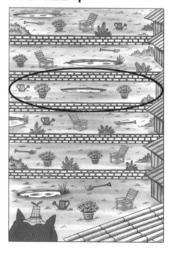

126쪽

130쪽

네 개

134쪽

가. 바바가 보이지 않습니다.
나. 비비가 보이지 않습니다.
다. 베시가 보이지 않습니다.
라. 베베가 보이지 않습니다.

150-151쪽

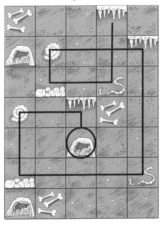

159쪽

사라진 퍼즐은 '가'와 '바'입니다.

154쪽

다

163쪽

비비 → 베베 → 바바 → 벤지 → 베시

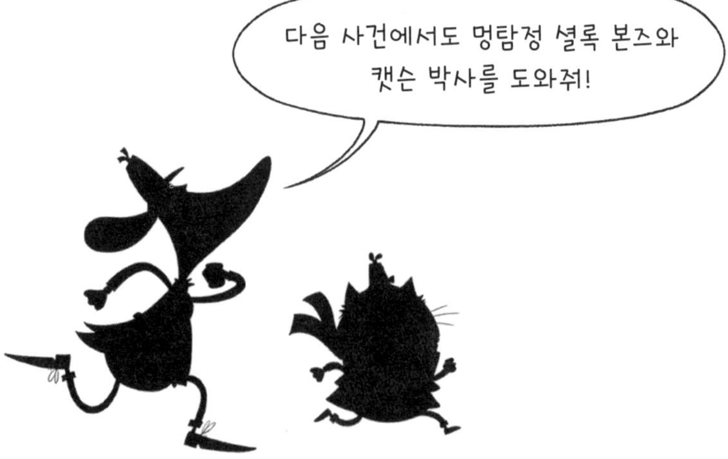
다음 사건에서도 멍탐정 셜록 본즈와
캣슨 박사를 도와줘!